提高现代文阅读和写作成绩的金钥匙

袁道一作品
阅读试题详析详解

青草归来

①这些年，不只是乡下的人，还有鸟和树都在撤离村庄。在当年背离故土的人群里，我也是毅然决然的一个。背负沉重的乡土和梦想，在有鸟鸣清脆的晨曦，奔向远方，把背影留给身后缄默的村庄。一直走了很远，一直走了很久，在汹涌的人流和车流中，奔突如鹿，挣扎如蝇。在受伤和无助的时候，总是无由地想起乡下的青草。几度青葱，几度枯萎，生了又灭，灭了又生。

②我就是一棵迁居异乡的青草。一棵乡下的青草可以用自己的手臂招纳明媚的春天，舒展生命的风采。迁居异乡水泥地钢筋森林的青草，是孤独的，是寂寞的，逃不出寄居的宿命。在异乡，身体可以进入，但灵魂依然在那片最初的土地上栖息。某些

时候，在一片废弃的泥地上，看见一抹小小绿色，宛如遭遇乡下的兄弟姐妹，先是相逢的喜悦，继而是无法抑制的悲哀。

③ 一朵云和一朵云的距离有多远，我可以不知道。一棵青草和一群青草的距离，我一直知道。从寓居的闹市到熟稔的村庄，一个半小时的路程，风尘和坎坷是一路的风景。当然，也有稀稀落落的青草，它们在上下折腾的风尘里，蓬头垢面，没有了青草的单纯和清雅，更没有了青草的味道。一棵没有味道的青草是空虚的，是贫乏的，是没有灵魂的漂流者，随遇而安，寡情薄义。路途上的这些村庄由于靠近城市，正被蚕食，乡村文化正在湮没，而工业文明尚未占据最后的高地。混沌，混合，混杂，连一棵青草都无法安宁，无法保持独立向上的姿态。青草漫漫的家园沦丧，水光漫漫的水田干涸。

④ 相比城郊，生活在我亲爱的村庄里的每一棵草都是幸运儿，尽管被我的乡亲用镰刀割过，用锄头挖过，用柴火烧过，但它们依旧那么青葱地绵延、繁衍。当我再一次以一棵草的姿态深入村庄，深入山地，生命的张力以不可抗拒的能量铺开。无数次的回乡，无数次的失望，可在这个春天茂盛的时节，我第一次欣喜无比地发现，还是有很多事物没有撤离我刻骨铭心的村庄。那就是遍地的青草，它们的队伍越来越庞大，越来越亲近村庄。

⑤ 饥饿的童年，寻找草根也是生活里密不可分的一部分。我们特别喜欢田埂上的马鞭草根，这种草根清甜甘冽，极为可口，一根草根咀嚼下来，满嘴生津。马鞭草，在我们乡里也叫牛筋草，它具有极为强大的生命力，只要有一小截，就能在春天里发展成一大片。似乎见风就长，见水就长，春天有多深，它就能长多长。除了马鞭草根，白茅根也是我们的最爱。白茅根不仅喂

养我们的身躯，还驱散我们的病痛。没有足够药品的时代，头痛脑热的时候，长辈们为我们煮上一碗碗茅根水，滚烫滚烫地喝下去，水到病除。

⑥ 如果不是一种青草，一种我至今也说不上名字的青草，我早已融化为山坡上的一个小土丘。大概是七八岁光景，我高烧不退，赤脚医生误诊为感冒，吃药数日不顶用，后来才确定为出麻疹。在乡村，在那个时候，出麻疹是一个人一生中必不可少的一劫。出麻疹，最怕要出不出，而我恰巧遇上。赤脚医生无能为力，留给父母一个失望的背影。我躺在支有蓝印花布帐的木板床上，烧得浑身发烫，天旋地转，看过的大戏恍恍惚惚在蚊帐上生旦净末丑一一粉墨登场。母亲的眼睛里布满了绯红的焦虑，话语断续不成句。父亲听说离村庄二十里地外的九龙山上有一种草，煮熟，在脊背上擦拭，能去热助麻疹完全长出。父亲赶紧上路，早去晚归，将那种草煮熟，然后在我的背上狠狠地涂抹。第二天，高烧神奇般退去。自此，我对草有一种不可摒弃的感恩之情。

⑦ 站在老屋的庭院里，身前身后都是簇拥的青草，昔日的青石台阶已经被马鞭草覆盖，春深雨失天，草色入帘青。父亲总说要除除草，我淡然一笑，就让这些草儿陪伴老屋吧。在我的眼里，青草入庭院，并不是老屋的荒芜，它是另外一种繁衍。

⑧ 把原本侵占的地盘退还给青草，让青草在自己的地域上自由生长，抓住松散的土、流动的沙，给村庄一个美好的居住环境。青草归来，可整个乡村要回归的还有很多。接下来，我希望是青草之旁的树，树之上的鸟，鸟之上的天。（有删改）

1．简要分析第一段在全文中的作用。

2．结合上下文，赏析文中画线的句子。

一棵没有味道的青草是空虚的，是贫乏的，是没有灵魂的漂流者，随遇而安，寡情薄义。

3．联系全文，简要分析作者对青草有哪几方面的感情。

4．分析题目“青草归来”的含义。

参考答案：

1．写出了“我”离开乡村后面临的困境，表达了“我”对青草的眷恋；为下文描写乡村青草及与青草有关的人和事做铺垫；照应题目。

2．这句话运用比喻和拟人的修辞手法，把没有味道的青草比作没有灵魂的漂流者，“随遇而安”“寡情薄义”把青草人格化，写出了城郊青草的稀落和蓬头垢面，反衬下文乡村青草的青葱绵延。

3.（1）眷恋之情，“我”在城市里受伤无助时总是想起乡下的青草；（2）赞美之情，乡村青草青葱绵延，具有生命的张力，让人发出发自内心的赞美；（3）感激之情，饥饿的童年里，草根曾成为“我”的食物，生病的时候，也是青草救了“我”的命；（4）期盼之情，“我”期盼青草能回归乡村，能自由生长。

4．答案要点：（1）指把原本侵占的地盘退还给青草；（2）指还原乡村本来的面貌；（3）指还原和谐美丽的大自然。

离乡背井的树

①城市是这个世界上最为庞大的巨兽，无情地吞噬着周边的土地，把拥挤的人群和车流分布在原本是田野和山地的郊区。城市的生长，在摧毁一切绿色植物的同时，又想方设法地栽培一些绿色。很多的树本来生活在纯朴的乡下，在根须深入的土地上葳蕤，自由舒畅，尽情地把蓝天仰望，和清风嬉戏。可在某个不堪回首的春天，那个春意尚未完全醒来的时刻，被熟稔的乡亲连根刨起，然后被装上大卡车，一路颠簸着进了城。

②站立在西湖广场，很多的树彼此陌生地相互打量，却说不出什么。枝丫所剩无几，如一只只拔光毛的鸡，被人扔在铺满五彩瓷板的广场上。谁会注意到它们的落寞？谁又会关注它们的心灵？进城的荣誉，对树们来说是巨大的讽刺。板结的土地上如何安放它们乡村一样无瑕的灵魂？向上是遥不可及的灰暗天空，向下是缺乏雨水浸润的黄沙地，无法自如地延伸根须。树们无精打采，一个个垂头丧气地打发时光，舒展不开几片新叶，更不要说伸枝展丫了。

③树们的抵抗都是自发的，你看见过一棵迁移的树顿时生长得有滋有味的吗？面黄肌瘦的，严重的水土不服，在它们的身上一览无余。飞扬的尘埃呛得它们透不过气来，可谁也听不见它们泣血的咳嗽。那些咳嗽在城市的深夜里被灯红酒绿的喧嚣压制，不得不低进尘埃里面，然后被一场突如其来的大雨带走。所有走过它们身边的人们，从不怜悯它们离乡背井的苦楚，只是把

不解的目光刺向它们，尔后自言自语：这些树真是窝囊，一年都没长出几片新叶。

④ 不是无法抵抗，只是树们过于善良，它们不想亏欠那些精心的呵护。受人滴水之恩，当以涌泉相报，树们同样有着乡村的高贵品质。在浑浊的空气里，它们慢慢地敞开博大的胸怀，吸纳污秽废气，生产清新氧气，一点一点地净化头顶的天空。一棵树净化一点空间，无数棵树净化一片天空。树们不去想自己能做多少，它们身上承袭了古代儒学之道：达则兼济天下，穷则独善其身。偌大的城市里，一棵树能做的有限，可能做到的，它们一点也不推卸。它们开始把自己最葱茏的年华奉献给永远是异乡的城市，哪怕提前老去。

⑤ 树们也会在阳光漫步的中午想念亲爱的村庄或者一个平凡的山头，也会在某个深夜失眠独对满天的星星凋落陈旧的心事，甚至在一场大雨里泪流满面，伤痛的灵魂沉默如广场上那块也是来自乡村的巨石。可它们总在天边曙光初露的时候，抹掉内心的凄苦，把时间的阴影一点一点地驱赶，把最迷人的姿态摇曳在逐渐明亮的晨光里。所有的树都是美丽的。一株树，无论怎样伸展，怎样旁逸斜出，它没有一根枝条长错方向，没有一根枝条多余。一个枝头有一个梦想，每一个枝头的伸展，都是生命能够尽力到达的地方。尽力，是每一棵树的朴实处世哲学。于是，风里雨里，它们都无畏无惧。你看，大风大雨到来的时候，满城的人们在疯跑，唯有树们岿然不动，它们俨然是穿越时空隧道降临的斯巴达勇士。

⑥ 不卑不亢，一棵树时常保持快乐的姿态，这并非因为它得到的很多，而是要求的很少。无风的时候，它贤淑文静，不吵

不闹，静若处子。有微风的时候，树叶飒飒，奏起温和的催眠曲。只在雷雨交加、狂风大作时，才演奏不屈服命运的交响乐，从不张扬。一棵树很少被人记起，记得它们的是一些路过城市的鸟儿。喜鹊、乌鸦、斑鸠、鹁鸪等驻足身上，树在那一刻恍惚回到鸟语花香的乡村。它开始在鸟鸣中捡拾起很多被岁月尘封的记忆。铭记很难，忘却也并不容易。树们发现自己身在都市站岗，心在荒村听雨。当然，记得树的不只是鸟儿，还有蚂蚁。它们在树的身躯上往返，来来回回，生存、繁衍，一棵树就是它们快乐的家园。

⑦ 在城市的人海里，我认识的人很少，可我熟悉的树很多。也许，我叫不上它们的名字，可我每次经过，总要和它们对视几分钟，听它们摇曳婆娑的欢歌笑语，相濡以沫的情愫在心底里流淌。有时候，它们发出的激烈声响，不禁让我思念乡下的老父亲，他提前耗尽生命里诸多的养分，剧烈的咳嗽是夜半村庄里的不安躁动。这时，我赶紧拿起手机给父亲打电话，叫他按时吃药。我感谢我身边这些兄弟，是它们使我常保一颗感恩的心，使我从泥土里拔出双腿，卷起带泥的裤腿行走在干净的水泥路上，穿梭在熙熙攘攘的人群里，依旧保持着乡土的品质。(有删改)

1. 第一段在文中有何作用？请结合全文简要分析。

2. 本文写出了“离乡背井的树”哪些特点，请简要概括。

3. 赏析文中画线的两个句子。

(1) 枝丫所剩无几，如一只只拔光毛的鸡，被人扔在铺满五彩瓷板的广场上。

(2) 树们发现自己身在都市站岗，心在荒村听雨。

4. 你认为本文重点是写树还是写人？请简要谈谈自己的理由。

参考答案：

1.（1）交代“树们”从乡下被迫迁移到城市的遭遇；（2）照应题目；（3）为下文对城市中“树们”的描写铺垫。

2.（1）远离故乡，饱受痛苦；（2）善良高贵，默默奉献；（3）美丽朴实，无畏无惧；（4）不卑不亢，快乐低调。

3.（1）运用比喻的手法，生动形象地写出了离乡背井的树被迁移到城市后的悲惨遭遇。

（2）运用拟人的手法，赋予树以人的感情，生动地写出了树们虽然为城市奉献着，而内心却仍然怀念着故乡的情感。

4. 答写树或写人都可以，可以从文章的篇幅、强调的重点、主旨的表达、写作的技巧等方面考虑作答。

示范一：写树。文章的题目是《离乡背井的树》，通篇也都在写树。作者是想歌颂某种精神品质，用“树”这一形象作为载体。

示范二：写人。本文运用了“托物言志”的手法，写树是为了写人，文中写出了树的许多优秀品质，这些品质正是某些人所具有的，树只是作者运用的一个意象、一个载体。

赶 水

①春雨开始密集起来，白天下了一整天，已经是深夜了，呈滂沱之势。临近黎明时分，父亲侧过身子，面向窗子，自言自

语："山上应该起水了。"随后，一骨碌爬起来，窸窸窣窣地穿衣。母亲醒来，问，"怎么就去赶水？"父亲没应声。母亲知道父亲已经下定决心，拦是拦不住的。

② 雨大风紧，整个夜就像一口被柴火熏了多年的大锅倒扣了过来。父亲披上蓑衣，戴好斗笠，扛起锄头，打开院门，拧亮手电筒，走出去。

③ 走在通往山上自家田地的道路上，父亲脚步匆匆，古武士一样的装扮隐在夜色里。这个时候，很多庄稼人还在甜梦里，鼾声躲在雨声背后。整个村子除了偶尔恶作剧般发出呼呼的风声，连狗吠都不起。真是鬼打死人也没谁知道的时刻。想起鬼，父亲的身子还是激灵了一下。

④ 父亲的胆子并不大，平素都不敢走夜路，但为了及时把水赶进自家的天水田，父亲每年都赶在别人前面把水赶满。生活在乡下，没几个真正的无神论者。父亲倒不是怕鬼，只是在路过山边的一个个坟墓时，不由自主地会想起那些熟稔的面孔。都是些乡里乡亲的，转眼间，他们都居住到另一座村庄里来了。

⑤ 越过坟地，再往上爬数分钟，父亲就来到了自家的田头。尽管白天里下了一天的雨，但田里还是没有一寸积水。父亲来不及喘上一口气，就沿水路往上走。

⑥ 有几条水路，父亲早已是烂熟于胸，闭着眼睛也能准确无误地照走，不差分厘。来得正是时候，山上的雨水已经丰腴起来了，从四面八方汇聚而来，汇成一条条小溪，沿着多年的老水沟迅急地奔涌。一条条水沟被撕开很多的口子，一般口子前都有拦堵土堆或者石头。山洪至此只得折道改向。有些稍稍地利的天水田主人总是喜欢偷懒，看天要下雨了，就事先中途拦截。如果

下面的天水田主人没来赶水，他一觉醒来，田里也是满满的一丘水，浩浩汤汤。

⑦ 父亲一路往上，用锄头挖开拦水的土堆，或者弯腰抱开拦水的石头。石头不会扔远，就放置在沟旁，以便日后人家好拦水进田。乡下人利己不损人的品质在这样的小事上也得以展示。没用多久，父亲就把几条水路的水全部引进了自家的田里。

⑧ 当父亲从山上下来，沟里的水就像一只只小小的鸭子雀跃着奔流，父亲在后面走着，就像一个赶鸭人。看着一条条沟里的水，纷纷赶进了自家的田里，父亲露出一丝难得的笑容。他在田埂上来回走动，驱赶黎明前的春寒。

⑨ 父亲不是一个贪心的人，看到自家田水赶得差不多了，就把水赶进乡亲的田里。父亲回家扛犁耙来整田的时候，各家各户的田里都差不多有了插秧的水。晚起的乡亲看到一身湿漉漉的父亲，都纷纷从兜里摸出烟来，递给父亲抽。他们都心里头亮堂：不用操心了，水肯定有了，只管拿犁耙来就是。

⑩ 回到家里，母亲备好了热乎乎的早饭。父亲觉得心里布满了明媚的阳光，眯着眼睛抓起酒盅，咽下一口米水酒，那神情就像凯旋的将军。母亲在一旁，笑着说，你啊，哪里是去赶水，摆明了就是给大伙儿分水。父亲也不言语，吃饭后，左肩扛犁右肩扛耙，赶着老水牛出门去了。

1．文中第一段中画线的句子是什么描写？有什么作用？

2．请从文中找出描写父亲赶水的动词，分析父亲的形象。

3．从修辞的角度赏析“沟里的水就像一只只小小的鸭子雀跃着奔流”这个句子。

4．本文刻画人物运用了哪些描写方法？请从文中找出一例加以分析并说明作用。

5．根据例句仿写。

例句：父亲是黑暗中的一座灯塔，给我指引远航的方向。

参考答案：

1．自然环境描写。交代故事发生的背景，渲染了环境气氛，推动了故事情节的发展，为下文写父亲赶水做铺垫。

2．“披”“戴”“扛”“打”“拧”“走”等一系列动词的运用，刻画出一个勤劳、能干的父亲形象。

3．这个句子运用了比喻的修辞手法，把沟里奔流的水比喻成雀跃的小鸭子，生动形象地刻画出奔流着的水的状态，给人以美的享受，也烘托出父亲的高兴心情。

4．动作描写、语言描写、外貌描写、神态描写；如第十段中“父亲觉得心里布满了明媚的阳光，眯着眼睛抓起酒盅，咽下一口米酒，那神情就像凯旋的将军”这句话，运用了神态描写和动作描写，刻画出了一个善良、淳朴、为人厚道的父亲形象。

5．示例：父亲是沙漠中的一眼清泉，给我带来清凉；父亲是风雨中的一座小屋，为我遮风挡雨；父亲是荆棘中的一条小路，带我走向坦途。

龙山汲水沏茶香

①国庆再上龙山，登高望远，极目驰骋，荡胸层云，托举

半空，红尘远离，身心俱悦。随人在药王殿旁边一口石井里取水一瓶。井水清洌，颇有几分清寒之气。数人取水，水亦不浅，仍保持原水位，自成一奇。据说，此水具有神奇之疗效，在可信不可信之间，我等一行淡笑之，兴尽而返。

② 久不运动，腰酸腿疼，坐茶室，忽想起龙山取来的那瓶水，下得楼去，用水壶煮开，沸水稍凉，泡之以台湾六分茶。一饮，清醇爽口，顿时置身空山新雨后，新鲜的山林之气满溢。二饮，甘洌清甜，仿佛驻足古时琴瑟歌楼，杳杳的歌声动人心弦。三饮，噬魂销骨，好似腾云驾雾，乐得逍遥自在。数饮之后，不知今夕何夕，遑论世间之烦扰。

③ 作为一个资深的伪爱茶者，本不具有一条可辨水之好坏的茶舌，机缘巧合，茅塞顿开，醍醐灌顶。唐代陆羽《茶经》说：“________________”用山水泡茶，茶味能淋漓尽致发挥，入口茶味饱满，滑润顺口而下，与一般自来水泡茶喝起来有“咬”舌涩感迥然不同，比往前用矿泉水泡茶也大为不同，那股子氤氲的茶香水气更是纯正自然，不带一丁点伪饰。

④ 自唐始，论茶必涉水；水是茶的载体，水者茶之母；唯香茗，借好水发而显真味；精茗配之好水，如宝剑佩于壮士成绝配，又如才子配佳人成佳侣，相得益彰亦美上加美。难怪乎，许次纾对此有妙论：“精茗蕴相，借水而发，无水不可与论茶也。”宋代词人辛弃疾“细写茶经煮香雪”，元代诗人谢宗可“夜扫寒英煮绿尘”，贾宝玉品茶栊翠庵，妙玉泡的是名茶老君眉，煮茶用的水是隔年梅花上的积雪，所以茶味幽香扑鼻，宝玉爱不释手。真真是唐代张大复《梅花笔谈》所言：“________________”。

⑤ 茶道有高人，品水竟知源点。明代的冯梦龙曾在《警世

通言》中记述了王安石鉴水的故事：苏东坡与王安石同朝为官，苏东坡为蜀地人，王安石便托他把瞿塘峡中峡水攒一瓮带回来。品茶后，王安石问："这水是从哪取来的？"东坡答道："巫峡。"王安石问："是中峡吗？"东坡答道："正是。"王安石笑道："又来欺老夫了！这是下峡的水！"东坡大惊，问："三峡相连，一般样水，您是怎么分辨出来的？"王安石说："读书人不可轻举妄动，须是细心察理，上峡水性太急，下峡太慢，只有中峡的水性缓急相半。________我看见这茶色半天才显现出来，故知是下峡。"抚卷而思，叹为观止，古人好茶功夫之了得，岂是我等牛饮者穷毕生之力能及。

⑥ 药王殿地处 1500 余米的高山，井水是经过很多砂岩层渗透出来的，相当于多次过滤，不再存有杂质。水质软，清澈甘美，且含有多种无机物；以此种水沏茶，汤色明亮，并能充分地显示出茶叶的色、香、味。用喝茶之雅士的话来说，龙山水属于雨雪同类的"软水"，而城里的自来水为硬水，含酸式碳酸盐较多，易与茶叶中的茶多酚结合，茶汤色泽浑暗，口感生涩，茶味立马打折扣。

⑦ 妙不可言，茶中有真意，余味齿间萦绕，心间回漾。暗自打定主意，再去龙山，切记带上一盛水大器。龙山汲水沏茶香，试问君饮一杯无？

1. 本文写了哪两件事？详写了哪一件？为何要如此安排？

2. "龙山汲水沏茶香"的"香"有哪几层感受？

3. 从修辞的角度赏析下面句子的妙处：

二饮，甘洌清甜，仿佛驻足古时琴瑟歌楼，杳杳的歌声动人心弦。

4．下面选项是从原文中摘取的三处引用，请结合原文将引用的内容放入原文合适的位置。

A．用这水烹阳羡茶，上峡味浓，下峡味淡，中峡浓淡之间。

B．其水，用山水上，江水中，井水下。其山水，拣乳泉石地漫流者上。

C．茶性必发于水，八分之茶遇十分之水，茶亦十分矣，八分之水试十分之茶，茶只八分耳。

5．第六段主要运用了哪一种表达方式？可否删去？为什么？

6．自由选择写作内容，仿照例句句式写一个句子。

例句：精茗配之好水，如宝剑佩于壮士成绝配，又如才子配佳人成佳侣，相得益彰亦美上加美。

参考答案：

1．汲水、沏茶。本文重点介绍了不同的水对茶香的影响，详写沏茶，汲水为下文的沏茶做了铺垫，不得不写，但只能略写。

2．清醇爽口；甘洌清甜；噬魂销骨。

3．运用了通感的修辞手法，“甘洌清甜”是写味觉，杳杳的歌声是听觉，写出了茶香的独特味道。

4．B、C、A

5．运用了说明的表达方式。不能删去，此段承接上文，介绍了龙山水能泡出好茶的原因，而且丰富了文章的内涵。

6．略。

跑通学

① 沉浸在酣甜的梦境里，被母亲一把从被窝里揪起来，我很不情愿地睁开眼，看见窗外一片白。打开厨房的门，一股冷风窜了进来，和我撞了个满怀。地上白花花的，但不是雪，是乡下常说的白头霜。一夜白了很多树的头，白了很多青菜和萝卜清脆的腰身。我生火做饭，灶膛里没得平日里细长的松针，只好用一把未干透彻的毛柴叶点火，一下冒出浓烟，呛得我直咳嗽。“烟子烟，莫烟我，搭根梯子，你上青天。”我碎碎念起祖母教我的童谣。饭煮熟了，菜也熟了。菜是土鸡蛋加点水、油和辣椒粉用碗装着，在饭要熟之前趁机放进去蒸好的鸡蛋羹。

② 斜挎黄书包，我一只脚踏在青石门槛上，弯腰捡起门角落里一根父亲早备好防滑的草绳，紧紧绑在解放牌胶鞋上。另一只胶鞋也绑好，一溜烟跑出屋檐。村口，一起上学的几个伙伴碰了头，前前后后往乡中学赶去。满头黄毛的喜毛在吃烤红薯，这家伙肯定又偷懒，没来得及做早饭吃。他吃得吧唧吧唧响。路上结冰，滑溜，我们走得很小心，生怕摔个狗吃屎。

③ 一向喜欢说笑的海平不管脚下打滑，故作正经地说：“看，看啊，喜毛的耳朵在动！”我们齐刷刷回过头来，喜毛腾出一只手，不由自主地摸了一下自己的耳朵。我们哄然大笑，喜毛上当了。猪吃食，耳朵动。喜毛明白自己吃了亏，要挤上前来打海平，我们谁也不让。正走在两边覆着一层薄冰的田埂上，喜毛无可奈何，他没法冰上飘。我们不让喜毛插队到前面，其实每个人

还有个小算盘，不想被他的红薯“臭气弹”袭击。

④ 从村里到乡中学八里路，平常我们疾步走只需四十分钟，下雪结冰就耗时多了。我们才走到乡政府所在地，就听到了半山腰上中学里传来的早读铃声。我们脚上了发条一样铆足劲，一路奔跑过五星大桥，滑下乡水电站斜坡，再跑过一段铺满青石子的机耕道，冲上一座半坡，半坡上是我们的学校。我们的学校，其实就是两栋房子，前面一栋是教室，后面一栋是教师和学生宿舍，最后面还有一个用杉木皮做瓦的小棚子是食堂。我们分头钻进各自的教室，班主任的身影就跟随着晃了进来。

⑤ 学校有部分寄宿生，那都是至少家住十五里开外的学生，迫不得已才寄宿。寝室连木床都没有，席子铺在地上，被子搁在席子上，木箱子放在枕头边，吃饭时候掉落的饭粒，走来走去带来的沙子灰尘，还有各种被褥散发的各色气味以及臭袜子，一个不落地拥挤在小小的寝室里。

⑥ 我一开始也寄宿，钱都交了的，可我实在受不了。不到半学期，嘴巴因为吃带来的干菜、酸菜起泡，开始是红肿，后来是糜烂。身上也被传染上了疥疮，那个痒使得我像头牛一样见到墙壁就想蹭几下。放弃寄宿跑通学，白白浪费了家里的钱，母亲狠狠骂了我，父亲的脸色也一连几天不清透，弥漫着阴云。

⑦ 简陋的教室，地面还是凹凸不平的，窗户连玻璃都没装，西北方呼啦啦地刮过来刮过去，剩下我们像寒号鸟一样在寒冷里哆嗦。有些时候，我都听不见讲台上老师在讲些什么，尽顾着听风声了。贫穷，能听着风声也是美好的，这话对当时的我来说，就是脑子烧糊了说梦话，不着边际。

⑧ 第四节下课，寄宿生好像发了疯的牛一样奔向食堂。我

们没寄宿的只能眼巴巴地看着他们去吃饭，饥饿感一寸一寸地加厚。家里只有烤红薯可带，这东西充饥，可是这天寒地冻的，哪怕带个来也冷得像个铁疙瘩。不带这唯一充饥的烤红薯，最大原因还是我不想成为同学们嘲笑的制臭机。尽管那时候年少懵懂，可也知道给女同学留个好印象了，不想成为被嗤之以鼻的人。宁要面子活受罪。一大早起来，扒拉一碗饭，八里路走下来就消化得所剩无几了。上午熬过去了，下午还得硬撑下去。

⑨ 我和喜毛不喜欢午饭时间待在教室里，时常上街去转悠。走过大桥，桥头老供销社的一楼门口，有个卖包子馍馍的供销社家属，矮矮胖胖的，脸上发着油光，还白皙白皙的，喜毛叫她大包子。确实，她就像一个走动着的大包子。覆盖着白色袱布的包子秩序井然地躺在蒸笼里，热气腾腾，香气扑鼻。路过包子店门口，我和喜毛都磨磨蹭蹭起来，步子变得极其缓慢，眼光紧盯着包子，喉咙里都伸出了一只只手，急切地抓向包子。

⑩ 喜毛比我胆大，有回“大包子”被人叫上楼去，只剩下香喷喷的包子在门口，正好周边也没人，喜毛突然悄声对我说：“我去拿两个包子！”话未完脚已迈去，我一把拽住他的肩膀，生生把他扯转过来。喜毛回过神来，吞下口水，跟着我回中学。

⑪ 回到半坡之上，一只小黑鸟孤零零地站在长长的电线上，不声不响，好像电线打了一个扭结。我和喜毛望了好一会，觉得小黑鸟此刻是我们惺惺相惜的朋友。几声咩咩入耳，不远处一只小白羊在啃食残留着冰碴的地面。小草连黄色的草叶都没有了，啃不到什么，小白羊干脆伫立在风里，一动也不动，好像一朵不知回家的云。

⑫ 三年跑通里，跑着跑着，同行的女同学都先后消失了，

或留在家里帮助干农活，或跟随亲戚外出打工，甚至有些不到十八岁就早早出嫁了。我读高三时候在县城遇到那个叫桃花的女同学，她身边一个小女孩怯生生地叫我叔叔。跑着跑着，喜毛去学修手表了，好不容易学成出师，但越来越少的人戴手表了，他后来在广东的化工厂里打工，连满头黄毛都脱光了……(有删改)

1. 文章第一自然段中“地上白花花的，但不是雪，是乡下常说的白头霜。一夜白了很多树的头，白了很多青菜和萝卜清脆的腰身”，这一处环境描写有什么作用?

2. 文章叙写了作者在学校时的几件事，请简单概括。

3. 文章的最后一段是文章的精髓，请结合当时的现实说一说它包含了哪几层意思?

参考答案：

1. 这处环境描写点明了上学的时间和季节，交代了天气的寒冷，为下文上学路上行进的艰难和在学校“挤暖和”做了铺垫，也渲染了当时农村贫困的大环境。

2.（1）描写了寄宿生的寄宿条件；（2）同学们在一起“挤暖和”；（3）“我”和喜毛因为跑通学没饭吃，在市场上闲逛的情景。

3.（1）文章的最后一段对幼时同窗的去处做了一个简单的交代；（2）表现当时农村经济贫穷的同时，也折射出了农村重男轻女的落后思想；（3）表达出作者渴望男女平等，用知识去改变农村、改变个人命运的呼唤。

望 归

①从山上下来，我赶着一头老黄牛和两只羊。老黄牛已经很老，但对于农活熟门熟路，尚存的力气还能勉强对付板结的田土。两只羊都是白羊，母子俩。老黄牛温顺地沿路而行，两只羊不时跳入路边的菜园，仓促地啃上一口青菜，又迅疾地回到路上。

②看到小羊调皮，我就捡起小石子扔它。它咩一声蹿出菜地，而有时候菜地里藏匿着一些不知名的小鸟，被突如其来的小石子惊吓，扑棱而起，划破逐渐厚起来的晚岚。我朝山脚下望去，平时稀疏的马路上人影密集。有钱没钱，回家过年。乡下人对别的看得平淡，过年就不一样了，不远万里跋山涉水坐火车赶汽车都要回家。

③父亲在海南石场里打石头，今年不知会不会回来过年？我想到这，不禁吆喝了一声，加紧下山的步伐，希望赶在父亲回家之前将牛羊入栏。

④靠近自家的屋檐，母亲在浆洗我们兄弟俩的衣服。母亲费力地在搓衣板上上下搓动，衣服渗出的污水直往下滴流。听到我回来的脚步声，母亲头也没抬，继续洗衣。双手被冷水冻得如案板上的红萝卜，我看不到母亲脸上的表情，将牛羊赶入偏厦里的牛栏和羊圈。

⑤邻居院落里响起欢声笑语，那是春成爸爸从贵州赶回来过年了。他爸在给小孩散发糖果，也给路过的大人散发卷烟。小

孩接到糖果，开心得吱吱笑。大人接到纸烟，打着哈哈不住地说发财回来了一类的好话。

⑥ 我走出偏厦，准备去村头旺国家里拿一本武侠小说。“不许去，多大了，还去人家那里凑热闹！”母亲冷不丁地抛过来两句话，硬邦邦的，如院落里去年搁置在一角的枞树木头。我没回话，自顾自径直走出院门。

⑦ 夜色越来越浓了。我回来的时候，选择走马路，心里还是存有一点指望。迎面走过很多的熟人，我挤出笑容，算是对他们打招呼。

⑧ 在院门口，碰到从人家那里吃糖归来的弟弟。弟弟拿出一颗很漂亮的糖递给我，我没好气地挡了一下，糖掉在地上。弟弟有些委屈地弯下腰，捡起糖，还拍了几下，好像粘了很多灰似的。

⑨ 看见母亲在屋檐下晾衣，眼睛却盯着马路上那条通向我家的青石板路。有那么好一会，母亲好像凝固了一般，一动也不动，似在远眺，似在深思。

⑩ 母亲转过身来，抹了一把头发，对我们兄弟俩说：“快去搬柴火，今夜我们煮年羹肉吃！”听到有年羹肉吃，弟弟欢快地去抱柴火。我赶紧抓来一把生火的枞毛须须。柴火红旺旺，映红了灶屋。

⑪ 母亲低身把肉放进鼎锅里，我发现她的眼角有一丝丝涩红，明显是流过泪。我没作声，也装作没看见，和弟弟东扯葫芦西扯瓢，逗弟弟开心。

⑫ 夜彻底黑下来了，尽管马路上陆陆续续还有人打着手电归来。但聚在火塘边的我们都心照不宣地明白，今年父亲不会回家过年了。父亲还在为我们兄弟俩挣来年开学的学费。

1. 请简要赏析文中画线句子："'不许去，多大了，还去人家那里凑热闹！'母亲冷不丁地抛过来两句话，硬邦邦的，如院落里去年搁置在一角的枞树木头。"

2. 文章运用了哪些描写方法来表现母亲这一人物的？刻画了一个怎样的母亲形象？请结合具体内容分析。

3. 文章第五段写到邻居院子里的欢声笑语，在文中有什么作用？请简要分析。

参考答案：

1. 母亲误以为"我"要去邻居家凑热闹，出言阻拦，在表现母亲对"我们"管教严厉的同时，也表现出了母亲内心的烦闷。作者运用比喻的修辞手法，把母亲硬邦邦的两句话比作枞树木头，很好地表现了母亲的自尊和要强的品性。

2. 主要运用动作描写和语言描写来刻画母亲这一人物的。刻画了一个勤劳、坚强、思念丈夫、疼爱孩子的母亲形象。文章第四段写母亲为"我们"洗衣服的情景，表现了母亲的勤劳；写母亲晾衣服时"好像凝固了一般，一动也不动，似在远眺，似在深思"，表现出了她对丈夫的思念，但她并没有在"我们"面前表现出失落伤心的样子，又体现了她的坚强；写母亲煮年羹肉给"我们"吃的情景，表现了她对孩子的爱。

3.（1）写邻居院子里的欢声笑语在结构上起到照应上文的作用，与前文第二段所写的"有钱没钱，回家过年。乡下人对别的看得平淡，过年就不一样了"相呼应；（2）以邻居家春成爸爸回来过年的情景来表现"我"和母亲盼望父亲归来、全家团聚的渴望，也以他们的欢笑反衬出"我们"盼父归而不得的失落。

被雨水淋湿的屋檐

① 那年，我在县城复读，高考前夕回家一趟，看看独自一人在家日夜侍候庄稼的母亲，顺带拿些伙食费。父亲为供我们兄弟上学，常年在海南打石头，过年都很少回来。推开院子的小柴门，母亲正在猪栏里喂猪，两头小猪儿嗷嗷叫着争食，母亲用搅食棍棒打那头多吃了不少的小花猪。从不厚此薄彼，这是识字不多的母亲的为人准则。但只有我深切地明白，从小到大母亲对我是多一些关爱的，尽管我还是家里的长子。

② 母亲不谙啥大道理，更没多少大的见识，可对我高考失败未置一词。我不忍心成为吸取他们血汗的无情蚂蟥，执意要去南方打工。母亲死活不肯放我走，不停地用衣袖子揩眼泪劝我去复读。母亲要我去复读，也不是指望我出人头地。她的想法从没跟我提及，但有一次我从山上放牛归来，听到母亲隔着篱笆和邻居秦奶奶扯家常。秦奶奶粗声粗气地说："你这个哈（傻）女人，别个都要子女去打工挣钱，减轻家里负担，只有你呢奇了怪，还做死地劝崽去复读，这些年你怕是苦还没呷（吃）够。"母亲满脸沟沟壑壑的皱褶里挤出丝丝缕缕的笑意，毫不犹豫地回答："您老人家不晓得，我那个大崽细胳膊细腿，当初怀他的时候莫得呷的，要生他之前都还在修小乐冲水库。实在是不忍心看他跟那些身强力壮的人一样去工厂里，没日没夜地加班加点做事呢。"

③ 听到推门声，母亲从猪栏里走了出来，站在屋檐下望着我走近她。青黑色的屋檐很高，这房子还是父母亲结婚后辛辛苦

苦攒钱砌起来的，典型的南方泥砖房子，四方四进，还算是不错的。可到我读高中，村里很多人家打工有钱修起了红砖房，我家房子就显得灰不溜秋的，格外破旧不堪。站在屋檐下的母亲，凌乱的头发枯黄如秋后的茅草，里面还夹杂一些早冬的霜雪。个子不矮躯体单瘦的母亲脸上有星星点点的阳光，那些阳光是从破烂的屋檐穿过来的。我抬起头，发现屋檐顶上的瓦已经掉下来不少，因为没有钱买瓦修葺，经年累月越发破烂。一会儿我仰望的眼眸里盛满了泪水。一只山雀子突然从我身后蹿向屋背后的青山，划出一道忧伤的弧线。

④ 母亲接过我的黄书包，絮絮叨叨地问起我读书的情况，温暖的话语如井水洇进我的心田。我端脸盆打水洗脸，母亲风快地侧身出门，等我在院落里的晒衣竿上挂好褪去扑扑灰尘的衬衣，母亲又旋了进来，手上提着一块精瘦参半的肉，还有从地头好不容易选摘来的青椒。母亲要给回家的我打牙祭，平素她是断然舍不得花钱称肉吃的。当香喷喷的青椒炒肉摆上老木桌，我和母亲开始吃午饭，说是午饭，其时已经四点多，城里人都快要吃晚饭了。母亲一个劲儿地往我碗里夹肉，自己却专挑辣椒吃。我给母亲夹肉，母亲装作欣喜地接着，可趁我低头猛吃之际，又快捷地把肉从菜碗上夹给我，不仔细看还以为原本就是菜碗里的。

⑤ 我吃得满嘴油水漉漉，打出响亮的饱嗝，母亲一脸安详地看着我，没有话语，只有屋外的鸡鸣犬吠，还有屋檐上不知何时挂上去的破塑料薄膜迎风摇晃，发出尖锐的声响。一夜辗转反侧，我早早地起了床，母亲已经在火塘边忙碌很久了。红通通的火焰，黑魆魆的墙壁 ，乱糟糟的头发，母亲已经给我准备好了早餐。那一天正好是端午，雨水如期而至，淅淅沥沥地打在屋檐

顶上，从不同的方向滴在屋檐下的台阶上。地上的灰尘有湿有干，廊柱浑身湿透。一只小鸡躲在灰堆背后，正在使劲地抖掉身上的雨水。村庄在雨雾里迷失，看不见一只飞翔的燕子。

⑥ 撑起唯一的雨伞，我准备出门回校，母亲赶上来，又递给我一百元钱，我不肯收，母亲执拗地把它装进我的口袋，说："崽啊，我在家苦点没关系，你在外读书少一分钱也难受，多一点钱也能吃好一点。"我不知怎么说为好，猛地把书包往身后一挎，冲进雨帘里，头也不回地走了一阵。脸上的温热促使我回头，我已经走在了通向山外的毛马路上。我看到母亲依旧站在屋檐下，那被雨水淋湿的屋檐，那遮挡不住雨水的屋檐下面，母亲依旧不管不顾痴痴地目送我离开。

⑦ 母亲的目光里有期冀，有担忧，有牵挂，有想念，诸多种种汇聚在一起，径直涌进我的胸口。被生活的苦水浸泡，母亲不言苦不说累，她素朴的心愿是用尽她所有的心血，要为我打造一所遮风挡雨的房子，让我安居乐业、衣食无忧。母亲不会去表达，只会用自己的行动去践行。就如她爱她的孩子，就默默地站在已经遮不住风雨的屋檐下，远远地眺望着。

⑧ 我明白，自己永远都走不出母亲关切的目光，无论此后很多年，无论我置身何方。而今，年关将至，我亲爱的母亲，只怕又在屋檐下早早地把我盼望。过去，她送我远行。而今，她盼我回乡。老母亲啊，不管生活怎么变迁，也不管如今旧房修建成了新房，当年那被雨水淋湿的屋檐下，您那单薄的身影如帆，一生都会起伏在我澎湃的血脉里，给我前行的方向和力量。

1. 请用一句话概括文章的主要内容。

2. 文中的母亲是一位怎样的母亲？请举一例进行分析说明。

3. 赏析文章画线的句子，并说说其在文中所起的作用。

（1）那一天正好是端午，雨水如期而至，淅淅沥沥地打在屋檐顶上，从不同的方向滴在屋檐下的台阶上。地上的灰尘有湿有干，廊柱浑身湿透。

（2）老母亲啊，不管生活怎么变迁，也不管如今旧房修建成了新房，当年那被雨水淋湿的屋檐下，您那单薄的身影如帆，一生都会起伏在我澎湃的血脉里，给我前行的方向和力量。

4、看完这篇文章，你一定也想起了不少自己与母亲之间发生的事情，试举例说说你与母亲之间的感情是怎样的。

参考答案：

1. 在县城复读的“我”回家看望母亲，知道了母亲坚持送自己读书的原因，感受到了母亲的关爱和期望。

2. 关爱孩子：（1）一碗青椒炒肉，肉都给了“我”，自己吃辣椒；（2）坚持送“我”读书；（3）目送“我”上学。

3.（1）作者一方面运用环境描写，呼应标题，暗示家境困苦，另一方面用“被雨水淋湿的屋檐”象征母亲承受生活的重压，仍竭尽所能关爱着孩子。（2）作者运用抒情的表达方式（或运用比喻的修辞手法，将母亲比作帆），肯定了母亲给予自己的鼓励，赞美了母爱的伟大与无私。

4. 略。

草垛：乡间金字塔

①秋风猝起，丰收的马车已经驶过村庄所有的田垄。颗粒归仓是种美好的心愿，但总有一些谷子不经意遗失在田野上，被低飞而过的麻雀叼走，被四处觅食的田鼠搬走，甚至有一些谷子忘记了时令沐阳长成青色的嫩苗。一座村庄，稻谷不仅喂养乡民，还要抚养诸多的生灵，这是大地的福祉和造化。经年轮回，乡村保持最后的慷慨风骨，在秋风里衣襟飘飘，如唯一的隐士，不多取不多予，祥和自生。先回家的稻子被母亲晒干，用风车吹走瘪谷，堆放进木仓。父亲追赶着秋阳，把稻草一一迎接回家。

②在那些天里，父亲带着我走在密密匝匝的田埂上，肩扛一根两头尖的禾枪，宛如出征的将士。身前身后的稻草人站满一丘丘稻田，从空中俯视，俨然大地上最为壮观的阵营。紧随回家的稻草一担担坐在庭院里，好像邀请来吃酒席的各路客人，金黄的肌肤，淡远的体香，各个神清气爽、彬彬有礼、举止儒雅。

③父亲在青瓦土屋边沿，立一根高高的干杉木，将稻草以杉木为中心头对头身挨身一把把垒砌起来，没垒一层，父亲都要弯腰将稻草压紧，太松散一则码不了多少稻草，二则容易塌落下来。每垒一层，父亲的额头上都要冒出一阵细密的汗滴。有时候，父亲请我在上面踩压，我乐此不疲，时不时跳起来增加踩压的力度。

④远远看去，稻草纷纷簇拥而上，彼此亲密无间。一个高高的草垛伫立在秋天的苍穹下，和旁边的房屋比肩，与旁边的椿

树齐高。

⑤ 不出几日，各家各户的草垛都相继出现，彼此遥相呼应，呼朋唤友。深深的夜色里，它们被深秋的露水打湿，尽管近在咫尺，但是午夜梦回，还会想念那片偌大的田野以及成长的岁月吗？清晰的犬吠翻过村庄高高低低的地势，一只迷路的蝙蝠倒挂在某户人家的屋檐下，嘶哑无声。唤出日光万丈的鸡鸣，把第一缕清新的阳光打在草垛上，草垛一脸的幸福笑靥。乡村的晚秋和初冬日子从草垛上散落的日光伊始，安之若素，安然淡泊。

⑥ 没有进门的礼遇，草垛从来没有怨尤，它们还是耸立成村庄最为忠实的卫士，守护乡村最为安宁的日子，守护乡亲最为酣甜的梦境。起初，乡村还有各类草料可以喂养耕牛，还有各类杂草用来垫猪圈牛栏，草垛是无人问津的。草垛只能置身在荣华和喧闹之外，看每天的炊烟升起下落，看身边人来人往，看鸡鸭嬉戏，听日暮母亲呼唤孩子回家吃饭的叫声，听蟋蟀和蝉鸣唱完最后一缕音符，听村庄新生婴儿清澈嘹亮的啼哭，听村庄老人安详离去的哭泣。忠于职守，不动声色，草垛明白储蓄的意义和补给的使命，随时随地等候季节和时间的召唤。草垛有着军人的气质，关键时刻能拿得出来，拿之能战，战之能胜。

⑦ 当各类草淡出，当冬天的风凌厉，当冬雪覆盖，是草垛应急而上的时刻了。大雪无声，村庄披上浩荡无际的洁白婚纱，草垛清白无瑕。寒冷里，没有谁会想它是否温暖，初升的太阳呵了它一身热气。正午时分，头顶上的麻雀盘旋不去，它们还指望找几粒干瘪的秕谷。父亲惦记老水牛的温饱，随手从草垛身上抽出一根肋骨，抱回牛栏。老水牛大口咀嚼稻草，津津有味，此刻稻草就是最好的佳肴，进入肚内的是食物，残留在身下的是棉

被。老水牛在冰雪严寒的日子里，落得几分冬闲的自足。

⑧ 父亲撤走一把把稻草，草垛不觉得疼痛，等待的就是派上用场的这一天。乡村打发严寒，草垛知道自己功不可没，但从不居功自傲，依旧谦卑地躲在屋脚，一如既往地提供每一份温暖。记得，不宠；遗忘，不争。草垛不言不语，轮回在乡村的屋前房后。每一个草垛都是不一样的，每一个草垛都是崭新的，每一个草垛都是温情的，窝着乡村的心跳，藏着乡村的体温。

⑨ 少不谙事的我，总是喜欢借梯子爬上高高的草垛。站在草垛上，好像脚下是一朵金色的云，不断抬升我眺望的眼眸，仰望山外的风云。所有的天空都是我的，所有的梦想都向我盛开。在草垛之上，少年的心思高过天空，少年的眺望比风还远。多年以后，草垛像一只大鸟，羽毛落了一地，它记住了一个乡村少年仓促逃离的身影。

⑩ 而今，田园荒芜，村庄人稀，牛羊更稀，遍地的草垛已经倩影难觅。在城市摩天大楼的一角，我反复欣赏高更和莫奈关于草垛的伟大画作，在我回望的眼眸里，草垛渐渐幻化为一座座金字塔，在居住乡村的那些年里托举和壮丽过我年少的梦想。

⑪ 草垛润性，尘沸乱心。我深切怀念生命里的每一座金字塔，不卑不亢，始终保持着一种审美的距离。

1. 纵观全文，说说作者为何将“草垛”称为“乡间金字塔”?

2. 文中作者赋予了“草垛”哪些高贵的品质?

3. 从修辞的角度，赏析文章画线的句子。

（1）在那些天里，父亲带着我走在密密匝匝的田埂上，肩扛一根两头尖的禾枪，宛如出征的将士。身前身后的稻草人站满一丘丘稻田，从空中俯视，俨然大地上最为壮观的阵营。

（2）远远看去，稻草纷纷簇拥而上，彼此亲密无间。一个高高的草垛伫立在秋天的苍穹下，和旁边的房屋比肩，与旁边的椿树齐高。

4. 结合生活实际，说说生活中有哪些人像文中的草垛一样在“严寒的冬季”带给人们温暖。

参考答案：

1. 首先，草垛的外形像金字塔；其次，草垛提供的稻草既可以做耕牛的饲料，又可以做耕牛保暖的“棉被”；第三，草垛具有的高贵品质，给人以启示。

2.（1）安然淡泊；（2）忠于职守；（3）无私奉献；（4）谦卑低调。

3.（1）运用比喻的修辞手法，将父亲比作出征的将士，生动形象地写出了秋收时节农人的辛苦和喜悦；

（2）运用拟人的修辞手法，将稻草拟人化，生动形象地描绘出家家户户垒起高大草垛的乡村景象。

4. 父母、老师、军人、风雨中坚守职守的人们……

割　稻

① 山里的夜色还很浓，少年的酣梦被母亲的叫喊惊醒。少年闭着眼睛穿好衣服，一脚深一脚浅地走出房间。院落里，哥哥

姐姐已经站在那里，他们也迷迷糊糊的。父亲吆喝一声：每个人拿把镰刀。少年有些不情愿地拿起一把，只见镰刀锋芒毕露，在黎明前的夜色里闪亮，恍如月光。少年知道昨夜父亲肯定磨镰刀到深夜，镰刀的锋芒里不仅沾有月光，还有父亲滴落的汗水。

② 来到自家的大田边，望着满畦稻子，少年直发愁。站在身边的母亲一眼看破少年的畏难情绪，笑微微地说，细伢子，做么子事情，事先都不要打退堂鼓。很多的事情，你怕它，你就做不完也做不好呢。少年听了，佩服母亲的明察秋毫，脸上飞起羞涩的红晕。少年绾起裤腿，踩入田里，顿时微微的凉意从田泥里渗来，不禁打了一颤。沙沙声从身边传来，哥哥姐姐已经开镰。少年赶紧弯下腰，左手一把抓住一蔸稻禾，右手挥镰，旋即割向稻禾底部三寸之处。三蔸一手，少年把它们放在身后，一般两手成一扎，每一扎叠放时，有意错开位置。

③ 割了一阵，少年的头很快被稻禾上的露水沾湿，湿漉漉的，直向下滴水，很快腰身也湿了，但感觉不到凉意。劳动时是温暖的。不久，少年发觉，劳动时也是辛劳的。少年隐隐发现，有一股酸疼从腰间慢慢腾腾地升起，刚开始还好像是散兵残勇，不出一会，就变成了成吉思汗的蒙古骑兵，来势汹汹。少年从稻丛里抬起头，伸直腰身，左右扭动了一圈，然后伸手捶了几捶。酸楚似乎溃退了下去，少年打量周边，哥哥姐姐和父母亲已经割到前头去了，他们正挥汗如雨，似乎每个人头顶一个小小的太阳。少年羞愧不已，但还是回头眺望东方。这个时候，鱼肚白挂在天际。

④ 做事不出汗的人，是成不了事的。父亲的话语不多，可这句话他常常挂在嘴边。眼前的稻禾这么好，是他几个月流淌的

汗水，顺着水稻的根须爬进了谷子，这片谷子才如此沉甸甸的。少年鼓起一口气，埋下头，使劲往前赶。沙沙，沙沙，整个田里都是这种声音，淹没了少年的喘息声。劲头一上来，距离在缩小，少年发现哥哥姐姐就在他前面十来蔸远的地方。这时，少年明显感觉到脊背上诞生了一条乡间最为细微的汗水之河。

⑤ 低头又是一阵猛赶，追上了父母，少年慢慢地感觉到自己的双手刺疼。掌心以及手指头都密密麻麻或深或浅地布满刮痕，而握镰的右手因为长久地紧握镰柄，被磨砺得通红，宛如一轮手心里的小太阳。少年没有停歇，他不想自己再被哥哥姐姐看扁，还把他当好玩心极重的小把戏。过去他虽然来割稻，但从来都不认真，不是去捉青蛙就是去捉泥鳅，少不了挨父母的训斥，他都不放在心上。恍惚就是几个割稻的年头，少年的心思被咸腥的汗水引领，从青葱走向金黄。少年看着一片片排列的稻子，感觉这稻田宛如一首分行排列的诗歌。这首诗是父亲用心血一个字一个字苦心抚弄出来的，没有一个废字。这诗里很多艰辛的情节，有乡村储蓄的梦想。

⑥ 少年直起腰身，用手捶了捶酸疼的腰身，咚咚的声音惊飞前面稻禾里早起觅食的鹭鸶。少年听见父母的对话："嗬，这个小把戏也长大了，做事肯下力气吃得苦了。"少年很开心，露出甜甜的笑容。这时，太阳顺着少年坚实的双腿慢慢爬上他的腰际，天空显得格外辽阔，特别湛蓝。

1．"小太阳"在文中多次出现，请说说它的含义。

2．赏析下列句子的表达效果。

这首诗是父亲用心血一个字一个字苦心抚弄出来的，没有一个废字。

3．文章中对父亲的描写不多，请结合文意，说说文中的父亲是一个什么样的人？

4．你从少年身上得到了怎样的启发？请联系生活实际谈谈。

参考答案：

1.（1）天空中升起的太阳；（2）劳动的艰辛；（3）少年心中储蓄的梦想。

2．运用比喻的修辞手法，把稻田比作一首诗，把稻子比作一个个字，生动形象地写出了父亲的艰辛劳作，表达了少年对父亲的敬重。

3.（1）勤劳质朴；（2）吃苦耐劳；（3）以身作则；（4）寓教于“劳”。

4．略。

阅美文

被雨水淋湿的屋檐

袁道一 著

袁道一

西苑出版社

图书在版编目（CIP）数据

被雨水淋湿的屋檐 / 袁道一著 . —北京：西苑出版社，2018.11

ISBN 978-7-5151-0669-4

Ⅰ . ①被… Ⅱ . ①袁… Ⅲ . ①散文集－中国－当代 Ⅳ . ① I267

中国版本图书馆 CIP 数据核字（2018）第 240293 号

被雨水淋湿的屋檐

BEI YUSHUI LIN SHI DE WUYAN

出 品 人　赵　晖
责任编辑　陶永学　汪昊宇
特约策划　凌　翔
责任印刷　陈爱华　严令升
责任校对　刘娟娟
封面设计　戴　敏
出版发行　西苑出版社 XIYUAN PUBLISHING HOUSE
通讯地址　北京市朝阳区和平街 11 区 37 号楼　邮政编码：100013
电　　话　010-88636419　传真：010-84281520
　　　　　E-mail：xiyuanpub@163.com
印　　刷　三河市金元印装有限公司
经　　销　全国新华书店
开　　本　710 × 1000 毫米　1/16
字　　数　160 千字
印　　张　13
版　　次　2019 年 1 月第 1 版
印　　次　2019 年 1 月第 1 次印刷
书　　号　ISBN 978-7-5151-0669-4
定　　价　49.80 元

（凡西苑版图书如有缺漏页、错页、残破等质量问题，由印刷厂负责调换）

目　录

第一辑　被雨水淋湿的屋檐

第二辑　雀跃旧时

第三辑　离乡背井的树

第四辑　回乡偶书

第五辑　南方巫韵

第六辑　养活一团春意思

第一辑　被雨水淋湿的屋檐

苍凉渐深

暮色四起，我独自一人站在村口，好似一个迷路的孩子，打量一座突然出现在眼里的村庄。那棵遒枝虬干的老槐树荡然无存，时间改变了一切，可时间不能救赎一切。

老槐树曾经葱茏遮日，从茂密的枝叶间打下来的日光，斑驳在我曾经年少的脸上。风从远方来，带来异乡的风情。对于村庄来说，老槐树不只是一棵树，它是游子回到故乡看到的第一个亲人。

远远地，看到老槐树那高耸入云的树冠，那份回到家乡的温暖宛如树下的那湾涌泉汩汩而出，荡漾心湖。旅途上的风尘和疲惫抖落一地，离乡背井的凄苦和无助烟消云散。在老槐树的眼里，多大都是它的孩子，多好都是它的孩子，多不好也还是它的孩子。诸生平等，是老槐树恪守的神性。老槐树是神树，在村庄里是不宣而知的秘密，很多驱魔辟邪的民间祭祀都在它的身下一一发生。红丝巾系满低垂的枝干，隔三岔五有人深更半夜去烧纸钱，满怀虔诚祈求老槐树保佑。遇到调皮的风，灰烬一飞冲天。

小时候我体弱多病，父亲选择一个黄道吉日，让我认下老槐树为义父，祈望老槐树庇佑我。自此，我顺风顺水地长大成人，负笈求学，直至迁居他乡。无论是春风得意还是一身落魄，我都不会忘记我还有一个义父和父母亲一起在乡下望我归来。我常常回去，回去的第一时间就是放下所有的行囊，在义父庞大的树荫里享受清凉或安抚，听它在风里给我的声声叮咛。可现在是谁谋杀了我的义父，抹杀我关于村庄的第一印象?

后来细细询问母亲，才知道老槐树是自己倒下了，一开始没谁敢动它，是村里通灵的那位巫婆建议用它来修建土地庙。于是，老槐树被锯成木板，撑起了整整一座土地庙。无数次我都不敢靠近土地庙，我生怕听见义父支离破碎的呻吟。"如何同枝叶，各自有枯荣。"时间的长廊里，大地上的万物都是一阵急促的穿堂风。

经不起时光，一棵千年古树尚且如此，那生育我的村庄呢?青草归来，除了村主干道是水泥铺成的，灰着脸，其余的小路都被青草覆盖，通向一栋栋旧房子，几乎挪不开脚步。田园将芜，是陶老夫子的警示呼吁。现在我置身的村庄已经荒芜，那空空荡荡的田野没有稻禾簇立的身影，板结的一片，如同咧开干涸的嘴。良田数年不种，好比无人居住的房屋自动开裂。良田其实也不多了，只要靠近马路的都被一栋栋五光十色的楼房占据。这些年，房子是村庄里长得最为茂盛的作物。可再茂盛的作物也结不出果腹的稻子，这些疯长的作物只是大地上的装饰，好比一朵花还来不及全面绽放就早早凋零。所有的新房子都雕梁画栋，瓷砖折射最后的夕光，刺痛我的眼睛。

村庄里的乡亲一生最热衷两件事：一是送书，一度乡亲们以送孩子读书为荣，谁家的孩子考学出去，哪怕再不济也是光宗耀祖的。有孩子在外工作，父母走在田埂路上都有劲，好像泥土不沾脚。二是建房，一生为人就要修建一栋好房子，房子好、儿子娶得好、女儿能嫁得好。可对于送书，这些年乡亲们已然丧失了热情，农家子弟即使读大学出来还得打工，甚至读书花钱不少可挣钱并不多，村里一些没读啥书的人在建筑工地上辛苦归辛苦，可来钱确实快。读大学出来找不到合适的工作，苦力活不愿干也干不了。慢慢地有很多父母不主张孩子多读书，而宁愿把钱省下来建房，房子看得见摸得着，还能指望娶个好媳妇。曾经砸锅卖铁送子女读书不再是美谈，乡亲们相互攀比修建漂亮的房子。一窝蜂，房子如蜂，叮在一丘丘好田上。

富丽辉煌的房子一扇扇大门紧闭，好似暮年失语的老人，一语不发地呆立在夕照里，暮色是唯一的衣衫。偶尔吱呀一声，走出一个老态龙钟的老人或跳出一个欢呼雀跃的孩子，见不到一个青壮年。世上有多少人，就有多少条生活之路。可对于村庄来说，离乡谋生是唯一之路。他们把低人一等的凄苦抛撒在异乡的土地上，把思乡之苦思亲之痛遗落在熟稔的村庄里。离开的和留下的都很苦，这些苦酿成深沉的静默，在村里贮存。还不是很黑的天色，一家家都关门闭户了，只有微弱的灯光告诉世界，这里还依稀有人烟。外面的世界越来越繁华，村里的设施也越来越现代，可人影越来越稀少，人气越来越淡薄。没有狗吠之声，偶尔传来的是电视声。因为青壮年不在家，一户户人家早早关门。孩子自然也被关在了家里，一个个心灵都变得孤寂起来。

我的童年和少年是何等的欢悦，没有星星的夜晚，我们齐聚在石拱桥上听老爷爷讲《三国演义》、聊斋故事和杨家将，那些说书滋养了我的年少时光。有星星的夜晚，我们那一大群小把戏，或玩丢手绢或捉迷藏，有时候成群结队地去草地里捉萤火虫。萤光在我们手上的瓶子里忽闪忽闪，点亮我们深深浅浅的梦境。

提前进入寂夜的村庄，是多么的生疏。我好比一个不安的游魂，在宫殿里游走，到处是触目的光彩，唯独找不到出口的光亮。在这个世界上，我们可以不光鲜，但一定要光亮。我在我挚爱的这片土地上找不到内心的光亮了。

新房子都坐落在过去先人挥汗种植的良田上，而诸多的土墙青瓦老房子依旧在原地。岁月的劲风摧折，它们先后倾身弯腰，相继露出沧桑的眼神，相继显出不堪的负荷，相继吐出深沉的寂寥。曾经这些老房子里人丁兴旺五畜繁衍，白天欢声笑语夜晚热闹非凡，一批又一批人出生了，一批又一批人离开了，见过生离死别，见过世事更迭。而今，只有从前那些被赶走的蛇鼠还栖住在一个个曾经住人的房间，它们似乎也没了过去的那种折腾劲，居然也变得安安静静的了。没有人烟，没有人气，一切都是残败的。老房子里神龛上的先人还在否？他们愿意迁居到新房子去吗？先人们在每年的中元节还能沿着那些老路回到老房子吗？他们可否会在这个变幻无常的村庄里迷路？也许，在他们的世界里，世界还是当初的模样，是他们熟悉和喜欢的那个村庄。老房子随风送来陈腐的气息，不时有瓦片坠地空落落的回响。

我踌躇不前，离开了就回不去了，只能在可怜的记忆里寻找陆离的光影。头顶的星星迷离清浅，似祖先深邃幽远的眼神。夜不深，村庄的睡眠已经很深了。行走的脚步惹不来一声熟悉的犬吠，无奈的叹息惊不走一只小小的青蛙，深深厚厚的寂静包裹我。一点夜露打在我的额头上，我不禁一愣，旋即明白那不是清凉，是苍凉，是渐渐深下去的苍凉。

被雨水淋湿的屋檐

那年，我在县城复读，高考前夕回家一趟，看看独自一人在家日夜侍候庄稼的母亲，顺带拿些伙食费。父亲为供我们兄弟上学，常年在海南打石头，过年都很少回来。推开院子的小柴门，母亲正在猪栏里喂猪，两头小猪儿嗷嗷叫着争食，母亲用搅食棍棒打那头多吃了不少的小花猪。从不厚此薄彼，这是识字不多的母亲的为人准则。但只有我深切地明白，从小到大母亲对我是多一些关爱的，尽管我还是家里的长子。

母亲不谙啥大道理，更没多少大的见识，可对我高考失败未置一词。我不忍心成为吸取他们血汗的无情蚂蟥，执意要去南方打工。母亲死活不肯放我走，不停地用衣袖子揩眼泪劝我去复读。母亲要我去复读，也不是指望我出人头地。她的想法从没跟我提及，但有一次我从山上放牛归来，听到母亲隔着篱笆和邻居秦奶奶扯家常。秦奶奶粗声粗气地说："你这个哈（傻）女人，别个都要子女去打工挣钱，减轻家里负担，只有你呢奇了怪，还花心思劝崽去复读，这些年你怕是苦还没呷（吃）够。"母亲满脸沟沟壑壑的皱褶里挤出丝丝缕缕的笑意，毫不犹豫地回答："您老人家不晓得，我那个大崽细胳膊细腿，当初怀他的时候莫得呷的，要生他之前都还在修小乐冲水库。实在是不忍心看他跟那些身强力壮的人一样去工厂里，没日没夜地加班加点做事呢。”

听到推门声，母亲从猪栏里走了出来，站在屋檐下望着我走近她。青黑色的屋檐很高，这房子还是父母亲结婚后辛辛苦苦攒钱砌起来的，典型的南方泥砖房子，四方四进，还算是不错的。可到我读高中，村里很多人家打工有钱修起了红砖房，我家房子就显得灰不溜秋的，格外破旧不堪。站在屋檐下的母亲，凌乱的头发枯黄如秋后的茅草，里面还夹杂一些早冬的霜雪。个子不矮躯体单瘦的母亲脸上有星星点点的阳光，那些阳光是从破烂的屋檐穿过来的。我抬起头，发现屋檐顶上的瓦已经掉下来不少，因为没有钱买瓦修葺，经年累月越发破烂。很快，我仰望的眼眸里盛满了泪水。一只山雀子突然从我身后蹿向屋背后的青山，划出一道忧伤的弧线。

母亲接过我的黄书包，絮絮叨叨地问起我读书的情况，温暖的话语如井水洇进我的心田。我端脸盆打水洗脸，母亲风快地侧身出门。等我在院落里的晒衣竿上挂好褪去灰尘的衬衣，母亲又旋了进来，手上提着一块精瘦参半的肉，还有从地头好不容易选摘来的青椒。母亲要给回家的我打牙祭，平素她是断然舍不得花钱称肉吃的。当香喷喷的青椒炒肉摆上老木桌，我和母亲开始吃午饭，说是午饭，其时已经四点多，城里人都快要吃晚饭了。母亲一个劲儿地往我碗里夹肉，自己却专挑辣椒吃。我给母亲夹肉，母亲装作欣喜地接着，可趁我低头猛吃之际，又快捷地把肉从菜碗上夹给我，不仔细看还以为原本就是菜碗里的。

我吃得满嘴油水漉漉，打出响亮的饱嗝，母亲一脸安详地看着我，没有话语，只有屋外的鸡鸣犬吠，还有屋檐上不知何时挂上去的破塑料薄膜迎风摇晃，发出尖锐的声响。一夜辗转反侧，我早早地起了床，母亲已经在火塘边忙碌很久了。红通通的火焰，黑魆魆的墙壁，乱糟糟的头发，母亲已经给我准备好了早餐。那一天正好是端午，雨水如期而至，淅淅沥沥地打在屋檐顶上，从不同的方向滴在屋檐下的台阶上。地上的灰尘有湿有干，廊柱浑身湿透。一只小鸡躲在灰堆背后，正在使劲地抖掉身上的雨水。村庄在雨雾里迷失，看不见一只飞翔的燕子。

撑起唯一的雨伞，我准备出门回校，母亲赶上来，又递给我一百元。钱，我不肯收，母亲执拗地把它装进我的口袋，说："崽啊，我在家苦点没关系，你在外读书少一分钱也难受，多一点钱也能吃好一点。"我不知怎么说为好，猛地把书包往身后一挎，冲进雨帘里，头也不回地走了一阵。脸上的温热促使我回头，我已经走在了通向山外的毛马路上。我看到母亲依旧站在屋檐下，那被雨水淋湿的屋檐，那遮挡不住雨水的屋檐下面，母亲依旧不管不顾痴痴地目送我离开。

母亲的目光里有期冀，有担忧，有牵挂，有想念，诸多情愫汇聚在一起，径直涌进我的胸口。被生活的苦水浸泡，母亲不言苦不说累，她素朴的心愿是用尽她所有的心血，要为我打造一所遮风挡雨的房子，让我安居乐业、衣食无忧。母亲不会去表达，只会用自己的行动去践行。就如她爱她的孩子，就默默地站在已经遮不住风雨的屋檐下，远远地眺望着。

我明白，自己永远都走不出母亲关切的目光，无论此后多少年，无论我置身何方。而今，年关将至，我亲爱的母亲，只怕又在屋檐下早早地把我盼望。过去，她送我远行。而今，她盼我回乡。老母亲啊，不管生活怎么变迁，也不管如今旧房修建成了新房，当年那被雨水淋湿的屋檐下，您那单薄的身影如帆，一生都会起伏在我澎湃的血脉里，给我前行的方向和力量。

草垛：乡间金字塔

秋风猝起，丰收的马车已经驶过村庄所有的田垄。颗粒归仓是种美好的心愿，但总有一些谷子不经意遗失在田野上，被低飞而过的麻雀叼走，被四处觅食的田鼠搬走，甚至有一些谷子忘记了时令，沐阳长成青色的嫩苗。一座村庄，稻谷不仅喂养乡民，还要抚养诸多的生灵，这是大地的福祉和造化。经年轮回，乡村保持最后的慷慨风骨，在秋风里衣襟飘飘，如唯一的隐士，不多取不多予，祥和自生。先回家的稻子被母亲晒干，用风车吹走瘪谷，堆放进木仓。父亲追赶着秋阳，把稻草一一迎接回家。

在那些天里，父亲带着我走在密密匝匝的田埂上，肩扛一根两头尖的禾枪，宛如出征的将士。身前身后的稻草人站满一丘丘稻田，从空中俯视，俨然大地上最为壮观的阵营。紧随回家的稻草一担担坐在庭院里，好像邀请来吃酒席的各路客人，金黄的肌肤，淡远的体香，各个神清气爽、彬彬有礼、举止儒雅。

父亲在青瓦土屋边沿，立一根高高的干杉木，将稻草以杉木为中心头对头身挨身一把把垒砌起来。每垒一层，父亲都要弯腰将稻草压紧，太松散一则码不了多少稻草，二则容易塌落下来。每垒一层，父亲的额头上都要冒出一阵细密的汗滴。有时候，父亲请我在上面踩压，我乐此不疲，时不时跳起来增加踩压的力度。

远远看去，稻草纷纷簇拥而上，彼此亲密无间。一个高高的草垛伫立在秋天的苍穹下，和旁边的房屋比肩，与旁边的椿树齐高。

不出几日，各家各户的草垛都相继出现，彼此遥相呼应，呼朋唤友。深深的夜色里，它们被深秋的露水打湿，尽管近在咫尺，但是午夜梦回，还会想念那片偌大的田野以及成长的岁月吗？清晰的犬吠翻过村庄高高低低的地势，一只迷路的蝙蝠倒挂在某户人家的屋檐下，嘶哑无声。唤出日光万丈的鸡鸣，把第一缕清新的阳光打在草垛上，草垛一脸的幸福笑靥。乡村的晚秋和初冬的日子从草垛上散落的日光伊始，安之若素，安然淡泊。

没有进门的礼遇，草垛从来没有怨尤，它们还是耸立成村庄最为忠实的卫士，守护乡村最为安宁的日子，守护乡亲最为酣甜的梦境。起初，乡村还有各类草料可以喂养耕牛，还有各类杂草用来垫猪圈牛栏，草垛是无人问津的。草垛只能置身在荣华和喧闹之外，看每天的炊烟升起下落，看身边人来人往，看鸡鸭嬉戏，听日暮母亲呼唤孩子回家吃饭的叫声，听蟋蟀和蝉鸣唱完最后一缕音符，听村庄新生婴儿清澈嘹亮的啼哭，听村庄老人安详离去的哭泣。忠于职守，不动声色，草垛明白储蓄的意义和补给的使命，随时随地等候季节和时间的召唤。草垛有着军人的气质，关键时刻能拿得出来，拿之能战，战之能胜。

当各类草淡出，当冬天的风凌厉，当冬雪覆盖，便是草垛应急而上的时刻了。大雪无声，村庄披上浩荡无际的洁白婚纱，草垛清白无瑕。寒冷里，没有谁会想它是否温暖，初升的太阳呵了它一身热气。正午时分，头顶上的麻雀盘旋不去，它们还指望找几粒干瘪的秕谷。父亲惦记老水牛的温饱，随手从草垛身上抽出一根肋骨，抱回牛栏。老水牛大口咀嚼稻草，津津有味，此刻稻草就是最好的佳肴，进入肚内的是食物，残留在身下的是棉被。老水牛在冰雪严寒的日子里，落得几分冬闲的自足。

父亲撤走一把把稻草，草垛不觉得疼痛，等待的就是派上用场的这一天。乡村打发严寒，草垛知道自己功不可没，但从不居功自傲，依旧谦卑地躲在屋脚，一如既往地提供每一份温暖。记得，不宠；遗忘，不争。草垛不言不语，轮回在乡村的屋前房后。每一个草垛都是不一样的，每一个草垛都是崭新的，每一个草垛都是温情的，窝着乡村的心跳，藏着乡村的体温。

少不谙事的我，总是喜欢借梯子爬上高高的草垛。站在草垛上，好像脚下是一朵金色的云，不断抬升我眺望的眼眸，仰望山外的风云。所有的天空都是我的，所有的梦想都向我盛开。在草垛之上，少年的心思高过天空，少年的眺望比风还远。多年以后，草垛像一只大鸟，羽毛落了一地，它记住了一个乡村少年仓促逃离的身影。

而今，田园荒芜，村庄人稀，牛羊更稀，遍地的草垛已经倩影难觅。在城市摩天大楼的一角，我反复欣赏高更和莫奈关于草垛的伟大画作，在我回望的眼眸里，草垛渐渐幻化为一座座金字塔，在居住乡村的那些年里托举和壮丽过我年少的梦想。

草垛润性，尘沸乱心。我深切怀念生命里的每一座金字塔，不卑不亢，始终保持着一种审美的距离。

鸡　鸣

一

二十世纪八十年代，在湘西南丘陵皱褶深处的村庄，我梦想开始的地方，鸡鸣还是农家的报时器。日出而作日落而息的父母最先听见鸡鸣，起得最早，推开厚实的大门，晨光迎面而来，一天的劳作生活就在鸡鸣犬吠中开始了。“三更灯火五更鸡，正是男儿读书时。”父母还是用这些古训来衡量我读书是否刻苦勤奋。我总是睡眼惺忪地爬起来，看着窗外的鱼肚白，对鸡鸣唤醒黎明没有一丝感恩。小小的心房里充满恨意，恨鸡鸣从不晚点催促自己早起上学。

于是，我对家里那只威猛无比的大红公鸡看不顺眼，常常用响把追着打。公鸡四处逃窜，很狼狈，击落的鸡毛在灰尘扬起的空中飘荡。即使这般，第一个大声叫醒我的还是它，在众多的鸡鸣声里，它总是高人家几度。不久，那只大公鸡消失了，据说它在邻村出现过，可能是它太雄了，跑那么远去宠幸谁家的母鸡，导致被游手好闲之徒逮走，成为一顿佳肴。母亲很伤心，茶饭不思，我小心翼翼地不敢表露心里的窃喜。大患除去，我以为好日子来到，不想，依旧是竹篮打水。母亲赶紧去姨家捉来了一只大公鸡，那长相同原先的那只如同孪生兄弟。

母亲对我说，有鸡打鸣，那才叫日子。家里要有一只打鸣的公鸡，人气才旺。当时的我懵懂无知，长大才明白，鸡是打破黑白界限的精灵，它能驱邪除瘟。再到后来，我也萌生一种念头：有鸡打鸣的地方，才是真实的村庄。鸡鸣是乡村田园和谐之音符，而城市是一座异化的村庄，偶尔的鸡鸣都是嫁接的，里面掺杂太多的无奈和苦楚。

二

每当我读到“鸡声茅店月，人迹板桥霜”这千古名句时，脑海中总油然而生一幅图画：晨光微露，晓风清凉，身着长衫的旅人，瘦削的肩头，系着粗布的包裹。他鸡鸣即起，走出了低矮的小店，匆匆赶路——四周静谧，残月似钩。听得见自己的脚步声，听得见风掠过树梢，叶与叶的絮语，甚至听得见自己年轻而雄壮的心，鲜活有力的搏动。只是无暇他想，他得赶路……恍惚间，我幻化为旅人，闻鸡出门，向远方寻觅梦想。

其实，在早些年的时光道路上，也确实有过深刻如斯的经历。那年的九月，我考入县重点中学。从村里到乡里赶车进城，有十五里路。母亲早早地起床，生火做饭。吃完饭，我和父亲一起上路。这时候，对面的青山还笼在一片轻纱里，有些模糊。我和父亲的脚步蹀躞，惊醒路旁草丛里的小蛙，它们惊慌失措地跳开。父亲不发一语，但我还是明白沉默里孕育的殷切期待。路在脚下伸展，露水打湿了我的头发。今夜的露水为谁加冕？为我年轻的梦想吧。然而，我也明白，梦想的路途迢远。

我有些惊恐，宛如置身漆黑的长夜，看不见一丁点星光。这种惊恐顷刻间消失，我听见了不远处农家屋舍里高亢嘹亮的鸡鸣。它们似乎在为我喝彩，在为我鼓劲。那些鸡鸣如鼓点敲在大地上，汇成奔腾的河流。我只是顺流而下，看身边的夜色由黑变白，看东边的天空燃起篝火。那些火苗温暖我受凉的心，快乐绽放如乡下的野菊。

莫道霜行早，更有早行人。赶到乡车站，时间尚早，但车站里人声鼎沸。那些或年轻或沧桑的面孔生动地晃过我的眼，我想，他们和我一样来自丘陵的皱褶，也一样在鸡鸣里启程，或为生计，或为功名。多年以后，我依然收藏着那年的鸡鸣，以及鸡鸣里的那次早行。

三

这些年，为生计奔波，很少回乡。远离了鸡鸣，倒是有关鸡鸣的古典诗歌读得越来越多，并在心情寂寥之际咏唱："板桥人渡泉声，茅檐日午鸡鸣。""狗吠深巷中，鸡鸣桑树颠。""雨里鸡鸣一两家，竹溪村路板桥斜。"这些描绘乡村的曼妙绝唱，一次次让我缅怀鸡鸣萦绕的村庄，梦返故园。当那些抒发人生志向和饱含哲思的诗句跃入眼帘，黯淡的心绪顿时拨云见日，重现豪情，激发意气。乞丐皇帝朱元璋出身寒门，读书可谓不多，却有一首著名的咏鸡诗传世，其中后两句为"三声唤出扶桑日，扫退残星与晓月"。"扫退残星与晓月"，何等气魄！王者风范于此展露无遗。纵观古今有关鸡鸣之记载，最让人荡气回肠的当推"一唱雄鸡天下白"之千古绝句，一代伟人的文韬武略举世瞩目。尤其让我唏嘘感慨并倍感亲切的还是乡人魏源，他在《晓窗》诗里写道："少闻鸡声眠，老听鸡声起，千古万代人，消磨数声里。"聆听先贤之教诲，顿感惴惴不安，为自己无志消沉、流失岁月懊恼不已。

我决计再一次回乡间聆听鸡鸣，以激豪情，以励壮志。夜宿乡间老家，一觉醒来，三星已落。片刻，久违的鸡鸣入耳，先是一声，两声，一片，两片，渐渐地连成一大片，整个村庄的鸡都鸣叫起来了，嘹亮如军号，雄壮如牛牯，急切如山溪，一声声似有金属震颤感，形成欢乐交响曲，回音悠远，传向四方，一轮红日自地平线上冉冉升起。我漫步庭院，看到雄鸡昂起红冠引吭高歌，满腔热情的悠长呼唤，堪称男高音的极致。那绯红的鸡冠分明是一个小小的太阳，是那些小小的太阳从千千万万的雄鸡身上腾空而起，才有了天际上那个热情四射朝气蓬勃的大太阳。难怪台湾诗人商禽誉其为“呼唤太阳的禽鸟”，它受之无愧。

多少鸡鸣升起，多少鸡鸣落下，村庄的舞台上，鸡鸣是岁月永远的布幕，演绎人世间的悲欢离合。村庄仍然荒僻贫瘠，而我等所谓优秀的游子犹如逃离乡土的鸡，虽然有心鸣叫，但依然唤不来村庄辉煌的黎明。唐朝徐寅诗中写道：“守信催朝日，能鸣送晓阴。峨冠装瑞璧，利爪削黄金。徒有稻粱感，何由报德音。”鸡是乡村优秀的歌手，按时啼叫，送走黑夜，催出朝日。面对故土，我一身的尘埃，两袖空空，用什么来报答村庄的抚育之恩呢？回到老家，倾听鸡鸣，原本坦然愉悦的心境陡生不安愧疚，这是始料未及的。也许，潜滋暗长已久，只是鸡鸣再次把它唤醒而已。举头四顾，感喟长叹，但求能欲近晓天啼一声！

蝉鸣响彻

太阳好像在一瞬间找到了被后羿射落的八兄弟，热浪一阵高过一阵，涌上红丘陵腹地上的村庄。

这时，路上行人依稀，狗伏在屋檐下的青石上，舌头伸得老长。鸡或蹲或立在树荫下，神情慵懒似乎睡眠不足。父亲躺在长长的凉椅上午休，难得的片刻轻闲。母亲坐在门口缝补衣服，记忆里她的手从来就没闲过，即使在对面屋顶上的青黑瓦片都晒得要冒青烟的时刻。我不安分地待在家里，无聊得烦躁不已。

忽然，家门口的椿树上飞上一只只蝉。蝉声石子一样打破安静，从四面八方向我涌来。这是一种单调而有些尖锐的声音，父亲厌恶地侧了侧身子。它为何不睡午觉，是不是像我一样，在闷热的夏天，因为无所事事而感到寂寞？它是不是想呼唤伙伴一起去玩耍？我一心想逃出父母的视线，呼朋引伴跳进池塘清凉的怀里，奈何父母看管得很严，昨天屁股被打得都还没消肿。

我站在院子里的一棵树下，不顾头顶火辣辣的阳光，目光鹰一样扫视枝枝丫丫。我想知道蝉在哪一片叶子上高歌，奈何它们栖身的地方太高，眼睛被阳光刺痛出了眼泪也一无所获。恨不得爬上去看个究竟，但树干上那些盘绕的毛毛虫打消了我的念头。我捡起一块瓦片，使劲地朝树上扔去。瓦片穿过密匝的叶子，但丝毫没减弱树上的蝉鸣，相反，还挑衅般地叫得更欢。我气呼呼地朝树踢了几脚，依然撼不动树上汹涌的蝉鸣，凉鞋却被我踢飞了。

儿时的我非常厌恶蝉的聒噪，和父亲一样认为它扰人清梦。直到看到法布尔在《蝉》中说："四年的地下苦工，换来一个月阳光下的歌唱。"我顿时感到羞愧难当，不再讨厌它那看似单调的歌声。它掘土四年，才能够穿起漂亮的衣服，长出自由飞翔的薄翼，沐浴在温暖的阳光中，什么样的声音能响亮到足以歌颂它那得来不易的刹那欢愉呢?

随着阅历的增长，谛听长长远远层层叠叠起起落落的蝉鸣，不再觉得单调划一，声声咀嚼出很多的人生况味。一听，江南的阡陌上，有白素贞一样的痴情女子打着竹制的雨伞，身影优雅地掠过。二听，清明时节雨纷纷，谁家坟茔立新幡？泥泞的道路尽头，满山的杜鹃红艳艳，无言地祭奠泣血而歌的蜀帝。三听，莲步款款顾盼生辉的女子双手合十，在佛前祈求五百年的缘分如期而来。四听，寒鸦啼痕度残云，北望中原，王师遥遥无期。羁旅上的文天祥依旧高歌大风，留取丹心照汗青。五听，孤独落寞的李清照伫立庭院，远处舟自横，没有知音一起误入莲花深处，只能寻寻觅觅冷冷清清凄凄惨惨戚戚，人比黄花瘦。六听，秦铮凄切泪满襟，尽无言，空自泣。红酥手黄縢酒依稀如昨，桃花流水春自去。陆游的身影出没在王朝庭院，无尽的思念抒写一出青梅竹马的悲剧。七听，愁雨寒烟乱敲窗，点点滴滴，孤枕待天明，苏子一蓑烟雨任平生，爱人的倩影不曾走远。八听，巴山夜雨年复一年，西窗的灯火明明灭灭，李商隐拥妻共剪蜡烛，缠绵悱恻，关山遥隔亦惘然。九听，大江东去几度夕阳红，潮起朝落，聚散离合，时光颠沛流离，改变的是容颜，不变的是勇立潮头旗不湿的信念。十听，秦淮的河水脂粉浸淫，灯火深深，舟桨声声，柳如是脚踏青云下楼层，罗袜生尘，归来愁生。

这个时候，我总固执地认为蝉是夸父的化身，耐得住饥渴，将声音中的光和热完全释放，把炎热驱散，把生命深处的信念唱出。蝉也是杜鹃的孪生姐妹，用血丝染红东升的旭日，把夜幕唱得如自己黝黑的躯体一样厚重。听它们演奏着忽高忽低、忽断忽续、此起彼伏的清幽曲子，炎热似乎减少了，夏天才无愧于夏天，乡村岁月才无愧为乡村岁月。

当父亲用白花花的大米给我换来一张城市的入场券，蝉鸣随之被我丢失在遥远的村庄里。生活在现代生活的噪声里，我听不惯车鸣人声，心绪难以平静。于是，选择文字之旅，在卷帙浩繁的文字里寻找有蝉的家园，聊以慰藉尚未被城市完全吞噬的心灵。朱熹在《南安道中》写道："高蝉多远韵，茂树有余音。"南朝诗人萧子范在《后堂听蝉》中写道："流音绕丛藿，余响彻高轩。"唐代诗人刘禹锡在《酬令狐相公新蝉见寄》一诗中写道："清吟晓露叶，愁噪夕阳枝。忽尔弦断绝，俄闻管参差。"而唐代另一位诗人卢同在《新蝉》一诗中对此描写得更为形象生动："泉溜潜幽咽，琴鸣乍往还。长风剪不断，还在树枝间。"同样的蝉鸣，在不同的人听来往往会有不同的感受，生发出各种不同的感慨来。"今朝蝉忽鸣，迁客若为情？便觉一年老，能令万感生。"（唐·司空曙《新蝉》）这蝉声曾使长年漂泊在外的唐代大诗人白居易乡愁顿起："一闻愁意结，再听乡心起。渭上新蝉声，先听浑相似。衡门有谁听？日暮槐花里。"（《早蝉》）这蝉声也曾使刘禹锡心生凄凉："蝉声未发前，已自感流年。一入凄凉耳，如闻断续弦。"（《答白刑部闻新蝉》）这蝉鸣还曾使有志无成、空有一腔报国热情却无处施展的唐代诗人雍裕之潸然泪下："一声清溽暑，几处促流年。志士心偏苦，初闻独泫然。"（《早蝉》）由于蝉居高枝，饮露为生，鸣声清亮，音韵悠扬，是清洁、高雅的昆虫，古人因之多有托寓。隋朝旧臣虞世南在题为《蝉》的诗中写道："垂緌饮清露，流响出疏桐。居高声自远，非是藉秋风。”骆宾王因上疏论事触忤武后，身陷囹圄，也写过一首《咏蝉》诗：“西陆蝉声唱，南冠客思深。不堪玄鬓影，来对白头吟。露重飞难进，风多响易沉。无人信高洁，谁为表予心。”

穿越古诗丛生的时代，今人也写了不少关于咏蝉的好诗，其中我最为推崇台湾诗人洛夫的诗：晚钟 / 是游客下山的小路 / 羊齿植物 / 沿着白色的石阶 / 一路嚼了下去 / 如果此处降雪 / 而只见 / 一只惊起的灰蝉 / 把山中的灯火 / 一盏盏地 / 点燃。曼妙的意境让我久久回味，心灵徜徉其间，不肯返回现实。此刻，盛夏来临，我猜想现在乡下的蝉定在声嘶力竭地叫着，而我在城市的水泥楼群里是听不到的。没有蝉声的夏天是失落的，没有蝉声的生命是不完整的。我躺在城市楼台的一隅，暗自对孤寂已久的灵魂说，明天，就回家看看乡下的蝉，我生命里不知疲惫歌唱的歌手，我生命里相濡以沫的兄弟。

草坡孵梦

不敢想象偌大的村庄没有那面向阳的草坡，何处可以安放我的乡村时光和现在寄住城市的乡愁?

算是一个奇迹，在那个火热的年代里，靠近村庄的山林都开辟成一垄垄大小不等的土丘，或一丘丘形状不一的旱田。草坡纵深开阔，能幸存下来，也许是因为它要翻越一座山头才能抵达，实在是离村庄有点远。草坡在黄毛岭的背面，从山脚下我的老屋出发，怎么着也得半个小时，并且要翻越有点陡、路有点窄的黄毛岭，村里很多孩子嫌远怕累懒得去草坡放牛放羊，尽管在那面草坡上牛羊能吃上丰盛的青草，还不用操心牛羊走远或者跑到别人的田地里吃庄稼。

我自小算是村里一个独特的孩子，长到略谙世事的年纪，总是喜欢一个人独处，总是喜欢一个人安安静静地思考一些拎不清扯不断的问题，恍如奶奶纺线，夜里纺来白天纺，绵长得好像总没个尽头。爬坡喘息未定，牛羊已经撒着欢冲进草丛，羊儿藏身其间，有时不见踪影，有时浮现出来，好像一朵朵降落到草丛的白云，青白相间，格外醒目。牛儿笃定地撕咬青草，不慌不忙，偶尔抬头长鸣一声，打破山间的寂静，惊飞远处树梢上歇息的群鸟，然后是更深更厚的寂静。有时候，也有那么几只鹭鸶优雅地降落在牛羊的身边，踱来踱去，好一幅悠然自得其乐融融的山水画。

我选择一处平坦的草地，站成一棵兀立的树，风声过耳。平视，只见青岚迷漫，大地之上的山一座一座有序排列，如上天遗落的青色棋子，一场没有输赢的赛事在时间的长河之上绵延。雪峰山脉横亘成马，奔腾在湘西南的天空下，扬起的灰尘被莽莽青林净化成浮云。极目远眺，皆为山，山外的世界对一个山里长大的孩子而言，比亚当夏娃见到的蛇果还富有诱惑力和吸引力。遇上天气格外晴朗，据说目力好的人，在草坡之上能看到宝庆城里的东塔。我远眺过很多次，可惜从没清晰地看到过。目光不能及，想象能及。目光不能及，脚步能及。我在一次次眺望失败之后，不断滋生要去远方的想法。那个想法在草坡上如青草一样长了一季又一季，青了黄，黄了青，长满整个乡村时光。俯视，但见村庄如匣，火柴盒般大小，屋舍青黛，瓦片如鳞，人烟渺渺。逼仄的空间里，诸多人过完一生，从泥土之上走到泥土之下。很多人的一生是相似的，春耕秋收，夏忙冬闲，婚丧嫁娶，生儿育女，悲欢离合，生离死别，但大抵在这个火柴盒里。然后，躺进更小的火柴盒里，入土为安，在另外的一座村庄里轮回。诸生如蚁，万物有灵。

置身村庄，我比同龄的孩子更知稼穑之苦，也比一般的孩子更早熟和懂事。除开上学的日子，我总是跟在父亲背后同起同作，头顶旭日出门，头披明月回家，身上的汗水一瓣一瓣，手上的血泡一粒一粒，肩上的破皮一层一层，风里来雨里去，只为驱除饥寒，只为求得温饱。我不得不思索，重蹈父亲之路，我的生存价值和意义何在？这并非我轻薄农事，冷漠乡村，只是我不愿在同一个地方过一种一成不变完全可以预想的生活。而要走出层峦叠嶂的山，我不能飞腾成鹰扶摇而上，万水千山只等闲。只好如蚂蚁挪动脚步，用寸寸血书写梦想。庞大的雪峰山脉投下的阴影告诉我，一只蚂蚁要走出，谈何容易。那时候，心思简单，选择了远方，梦想奉献给长路。一步一个脚印，一步一磕头，二十多年后，蛰居城市的我感激草坡之上打开了梦想的翅膀。我才明白自己和草坡有多么的亲切，自己的今天和昔日的草坡一脉相连、同声共气。

在草坡之上，我更多的还是躺在柔软的草丛中，用一双纯净的眼仰望天空。天空是倒置的另外一片大地，在我生息的大地上能发现的万事万物，在那片大地之上也一一能够找到。比如，山川、河流、琼楼、玉宇、牛羊……还有更多富有神秘色彩的事物，我无以名状，不敢轻易说出，生怕亵渎神灵。天空还是我臆想中的大海。作为山之子，对于海总是充满无限的想象。天空给了我最好的回答，那么无垠那么深邃那么澄澈那么湛蓝，纤尘不染的白云就是点缀海面的浪花。那里面居住的都是逍遥快活的神仙，他们引吭高歌，他们饮酒作乐，他们吟诗作赋，他们自由自在，他们长生不老。而人世间的苦，他们只是一一收拢在宽阔的怀里，化为一阵风一阵雨，回归到大地之上。为什么而来，从哪里来，到哪里去，神灵不语，却自有玄机。

最为迷人的是雨后初霁，草坡如洗，翠色夺目。青草的芬香袭人，神清目爽，心旷神怡。忽然，一条彩虹如一座巨桥横架在两山之间，天堑变通途。彩虹通体晶莹闪亮，神性的光芒慷慨地散落在清新的大地和山岚之间。在乡下，彩虹被称为长龙吸水，大雨过后，多余的雨水被龙重新吸上天，再降落到需要雨水的地方去。还有一个美好的习俗，在彩虹出现之际，双手合十，静心闭目，虔诚祈祷，许下心愿，彩虹能帮助我们实现。因此，每一次彩虹消失之前，我都不失时机地许下自己的心愿。那些心愿在我的内心里慢慢化为无形之虹，成为催生梦想和实现梦想的原动力。

记得那年双抢过后，一身疲惫的我独自来到草坡放牛，一如既往地对着天空无限遐想，诸多遭遇的苍凉恍然为往事，天空的清澈成为我寄予灵魂的神祇。长时间不动声色地望天，慢慢地把世界忘记，慢慢地把时间忘记，什么荣华富贵，什么生老病死，什么出人头地，什么志得意满，都似乎和我无关，远远地随白云散尽。我和身前身后以及身下的青草浑然一体，一起呼吸，聆听到了彼此轻微的心跳，还有大地强健的脉动。世界在静止，时间在凝滞。我轻盈如一片云，在空中自由自在地飘啊飘啊，飘出了松树青葱的一座座山，飘出了熙熙攘攘为名利奔波的人世间。看见星星的眨眼，看见萤火点灯，看见祖先微笑。

父亲的一巴掌和母亲的哭泣声，唤醒了沉睡如木头的我。脸上有点微辣的痛，眼里是母亲的泪水。我居然在草坡之上酣睡，已经是深夜。和父母亲，还有那条老黄牛一起下山，我回望草坡，一弯新月像一把银打的镰刀，好像要替我割一些青草回家。

后来，当我从一个懵懂的少年成长为一个稍通文墨的刀笔吏，我一直对草坡以及草坡之上的天空念念不忘，且只知道单纯的感恩。直到我读到保加利亚的帕·维任诺夫的文字：云彩好像一幅巨大的油画，以不同的色彩，丰富的层次，揭示出大自然难能诉诸文字的深刻内涵。那绯红，以牧歌般的轻快，写出青春的壮丽；那乳白，则象征着爱情、友谊的纯洁和美好；那铅灰，暗示的是沉甸甸的命运基调，向人们宣告，只有抗争才能进取；那墨黑和青紫，则以震撼人心的力量，表现了生命的博大深沉。感谢那片草坡孵化出了我关于未来的憧憬和遐想，见证了我流淌的汗水和血泪。

草坡其实是我的梦坡，是草坡和草坡之上的天空赐予了我迄今能够拥有的一切。

琴润乡土

父亲缄默出场，披着一村的月华。院子是庞大的舞台，远远近近的各种果树和屋舍前边的偌大水稻群，还有我这个对世界充满无限遐想的乡村孩子，都是父亲忠实的听众。

二胡声倏忽而起，初始低迷，声音缱绻，如思人怨遥夜，如清泉石上流，如春风轻柔拂面，如蚕丝缠绵交织，一丝一缕地驱散身心的疲惫，心犹如山涧边的野菊花带露舒展。继而高昂，如夏雨急促叩击窗棂，如烈马奔驰虎虎生风，如洪水乍泄摧枯拉朽，一点一点激扬思绪，心如山麓的野鹿遇袭左右奔突。继而柔和，如南方的轻软细语，如母亲的轻轻呼唤，如雾朦胧悱恻，心如落地的种子躺在大地的温暖里，吮吸雨水茁壮生长。

父亲全然不像是白日里沉默寡言的村庄子民，而是一个极富乡土气质和韵味的抒情圣手。我沉醉不已，如饮醇醪。那一刻，我相信，谛听父亲二胡声的所有生物都醉了，包括那些自以为是的青蛙，它们已经在不知不觉间取消了它们的音乐会。水稻随着曼妙的二胡声使劲地分蘖、抽节、开花、扬穗，又是一个好收成。

岁月如音符一样绵长悠远，我在一个阳光和雨水一样丰盈的夏季怀揣一张城市的门票悄然离去，抵达一座两千五百多年历史的古城。古老而现代的都市悄然改变着我的生活方式。尽管我走在大街小巷依旧喜欢低着头颅，那姿势提醒我只是一株迁徙的水稻，眸子里沾满了村庄的仆仆风尘。然而，这个世界真的很精彩，爵士乐、古筝、萨克斯等渐次占据我远离乡土的心灵。更多的时候，我学会了附庸风雅，而放弃了什么才是滋补心灵的营养品。在我西装革履正襟危坐于剧院聆听民间音乐的时候，身边坐着一个小鸟依人神情专注的女子。身边的这个女子斯文恬静，心闲气定。我认定她有一颗尚未被都市商业化的心灵，优雅而又高贵。

果然，父亲的二胡声使得她安静得像门前的一棵树，所有的枝丫只偶尔随着音符晃动。在外漂流多年的我，再次听到父亲的二胡，心生感喟。在进入酒吧伴随爵士乐扭腰摆臀的时候，我就知道心不再宁静如前。多年前离开村庄执意要扎根异乡的那一瞬间，很多的东西从故土的背景上撤离，村庄顿成一幅精致的山水画，尘封在记忆的房间墙壁上，从没有想过为民间质朴无华的乡乐慷慨大方地报以掌声。

当音符悄然而止，她起身鼓掌，掌声清澈明亮。父亲居然有些难以抑制的感动，泪光隐约。父亲起身进屋，我们伫立在庭院中间，月色同多年前一样的皎洁。月色不老，老的是故人的容颜和变薄的乡村时光。父亲拉二胡没有固定的曲目，但那些音符都来自他的心底，是他所有的人生阅历和感悟。

很快，她成为了我在城里的村庄，栖息着我卑微而高贵的灵魂。父亲依旧不忍心荒废那些良田，不肯进城。他喜欢那片耗费了大半生岁月的丘陵地，固执地继续耗费他的余生。父亲源源不断地为我供送白皙如雪的优质稻米，一如既往地喂养我的骨骼和思想，让我不管走多远，都不敢遗忘身后的村庄。

父亲老了，二胡蒙尘，恭敬地挂在老屋的土墙上。很多年以后，我才明白二胡简易的弦上虽流不出太多的绮丽繁华，但二胡接近嗓音，类似人声，极易表达内心世界。正因如此，父亲和更多的乡村子民才在最为艰苦的稼穑之外，选择了这种娱乐和抒情兼具的物体。

如今，喧嚣的市井里，悠扬的二胡声并不缥缈。我年幼的孩子选择学拉二胡，尽管拉得还不如他祖父，但也爆发了他极度的热情。在我宽不及乡下庭院的客厅，二胡声如春草池塘间蛙鸣和乡野燕雏声一样声声入耳，阵阵撩发我悠长的乡思。

握不住匆匆溜走的时光，我想，该回乡下看看老父亲了。

老客归去来

在湘西南层峦叠嶂的村庄里，遍地巫风。过年、娶亲甚至是杀鸡杀鸭吃顿好的，都要先祭祀祖先，以示不忘祖先和感恩祖先庇佑，更不要说清明、中元节了。清明，上山凭吊先人。中元，则请先人回家暂住。中元比清明更富有人情味，也更显得隆重肃穆。

我们那一带对死去的祖先尊称为老客。每年中元节前四天就要将老客灵魂接回家供奉，俗称“接老客”。农历七月初十夜断黑，家家户户老老少少由家里最年长的老人带领，在屋前的空坪焚香烧纸，躬身作揖，家长碎碎念祷告祖先：“列祖列宗，欢迎归来，到堂屋神龛就座，晚辈虔诚祭祀，敬望诸君英灵有觉，保佑全家吉祥平安，万事如意。”回屋，在神龛前再烧纸焚香，启禀神灵，打卦询问祖先的灵魂是否归来，从大到小，一一逐个地问。每问一个都要打卦，直到打出阴卦为止。阴卦说明阴灵已有感应，祖先的灵魂已经回来或者在回来的路上。如果问到某个祖先时打不了阴卦，说明这个祖先另有原因或意见，暂时没有随大伙归来。这个时候，主事的家长就要仔细回想是什么触犯了先人，真心忏悔，真情邀请，直到打出阴卦，方才安心。

每逢祖母接老客，我总是坐在青石门槛上，全然不畏惧，因为我知道回来的祖先都是我至亲的先人，我是他们遗留在大地和村庄里一脉相承的血脉。我根本不用担心，此时此刻谁会伤及我，祖先就在我的身边。许多时候，我都驰骋想象：从四面八方归来的老客鱼贯入屋，他们一个个兴高采烈，一个个精神矍铄，一个个在族谱上呈树状延伸下来的先人们活着无法相见，此刻却相聚一堂。每年一度的相聚，他们应该也有无数的唏嘘感慨吧。我从来没看到过老客，可堂弟总是固执地说他看到过，说老客一个个都是穿白色衣服，衣袂飘飘，不是走在大路上回来的，而是飘在大路上半空飘回来的。尽管他说得玄乎神秘，我也不觉得害怕。我能听到血脉里澎湃的回声，溯源而上，他们都是我的源头。

祖先归来。暂住家里，他们是难得的客人。久别成客，缘由此乎？陪客是有讲究的，供奉时在堂屋靠近神龛一端，四向留空摆一张供桌，桌上照例在靠神龛一向摆三个茶杯，吃饭时再加摆三个酒杯、三双筷子。那时候，村庄还不富足，平日里都是以季节蔬菜为主。可这个时候，再穷的人家都要拿出十足的慷慨，再穷不能穷待老客。新鲜猪肉上桌，新鲜鱼肉上桌，新鲜鸡肉上桌，再配以几个蔬菜，但菜碗数要为单数，以五碗、七碗为佳。

陪老客，忌敬丝瓜、南瓜。丝瓜像蛇，老客不喜欢。南瓜有为难之意，老客不高兴。对于年少的我，陪老客是极其欢喜的，总能沾上一点荤腥，缓解肚肠无油水之苦。一般来说，供奉老客的荤菜是不能先吃的，要陪完老客才能吃。可祖母总是以先尝为名，将一块肥肉塞进我的嘴里，吃得我满嘴油腻，不亦乐乎。小小的孩子也有小聪明，有时候收菜的时候，特意把一块肉掉在地上，然后捡起用水冲一下就吃得津津有味。祖先是不会吃掉地上的东西，自然也无法责怪他们的这个后裔。

给老客盛饭，只能盛一小勺。每次开饭之前，祖母照例要祈告，然后满怀歉意地面对桌子说招待不周、大人大量等之类的话语。十分钟光景，奶奶边放下碗上的筷子，边说神龛上就座，并将酒倒一点在地上。老客吃“剩”的菜，将碗的位置彼此互换。吃“剩”的饭，重新倒进鼎锅里拌和后再吃。夜晚，点神灯，堂屋彻夜亮堂堂。据说，半夜从门缝里，可以看见老客们在做什么。在家的这些日子，老客们酒足饭饱，是应该做点什么。做了什么，谁也不知道。我是断然不会去偷窥老客的生活的，连胆大包天的堂弟也不敢。

接了老客，陪了老客，时间一晃到七月十四，该送老客了。黄昏时分，敬完晚餐，打发老客回地府。打发的是一堆堆或大或小的纸钱。家家户户门前的空坪上，小孩子早已按照大人的吩咐，垒起了纸钱堆，一溜儿地排列。家长在祈告后，要将大人小孩一个不落地祈福一遍，并打出一个个宝卦。打不出宝卦的，就要再三恳求，找到原因，才能放心。都打出宝卦了，都祈福完了，点燃烧纸堆。一时间，火光映红了一张张或苍老或稚嫩的脸庞。老客满载满意归去，留下如意保佑后人。今年归去，明年复来。老客归去来，是乡村一道千古不变的美丽祭祀风景线。在乡村的大地上，没有谁会被遗忘。慎终追远，厚德载物，是大地和人类繁衍生息的源泉。

每年中元节，我总是想起外婆接送老客。我挚爱的外婆，就住在离我家不足三百米的地方。每年接送老客，我奉母亲之命提一刀纸钱去。特别是外婆送老客的时候，我是一定要在场的。那时候，我对于外婆那边最熟悉的老客只是外公，因此每次我都把外公的纸钱堆垒得最高。外婆对我这一举动最愉悦，每次给我打卦祈福的时候，总是要对外公说，要保佑你的外孙，你外孙对你可好了，垒的纸钱最高，够你好好花一年了。然后，我躬身作揖。处处皆神灵，外婆每次给我打出的都是宝卦，不像表弟总是要打上好一阵。

很多次，外婆表扬我有孝心，并笑着说，以后外婆老了，你也要来送一刀纸，外婆在地下才有钱用。那时候，我总是急得哭，泪水涟涟地说，外婆不会变老客。外婆把我拥进怀，并塞给我一个最大的桐子叶粑粑。桐子叶粑粑是糯米做的，腰子形状，很多地方也叫腰子粑粑。桐子叶粑粑香喷喷，尤其是放进柴火灶里，用柴火灰慢慢烤熟，一撕开桐子叶，金黄的粑粑芬芬袭人，让我大快朵颐。吃完桐子叶粑粑，外婆提一盏灯，送我回家。不远的路程，外婆细碎的脚步响在我的背后。没有一丝害怕，因为身后有外婆，天上有我亲爱的老客。乡村的夜晚吉祥如意。乡村的血脉绵延亘古。

离开乡村，事不予我的乡愁渐深。尤为悲哀的是，当年接送老客的外婆竟成老客。三年成老客。外婆离去已三年。当外婆老到神志不清，唯一还记得的就是我这个外孙，这是怎么样的奇迹和怎么样的深爱或偏爱？外婆走在人世间最后的一段路程上，我没有号啕大哭，但是泪水奔涌，打湿了我的衣襟。很少有人看到我内心汹涌的悲痛。我在新修建的乡村水泥公路上跪破了膝盖，不知疼痛。对面的青山成亲山。走在城市深夜的道路上，我不用回头，我知道外婆的神灵寸步不离，庇佑我今生所有的行旅。外婆成老客的第一个中元节，我多想回到村庄，接送外婆。可被世事拥裹的我，总是忙碌和错过。父亲现在和我居住在这座小城，他要回家接送老客，我只能嘱咐父亲一定要替我送一刀纸钱去舅舅家烧给外婆。亲爱的外婆，我竟然成了您的不孝之孙！

曾祖辈如今尚存祖母行走人世间，父亲已经花甲。他们都将离去。当父辈的习俗传承到我手里时，在这座城市，我将如何接送老客？我那些盘根错节的老客们，他们能否找到进城的路？城市里的家没有神龛，他们将暂住哪个角落？拥有神灵的指引，我相信他们不会迷路。没有神龛，我和我在这个人世间的亲人的心都是神龛，继续供奉他们的魂灵。

第二辑　雀跃旧时

跑通学

沉浸在酣甜的梦境里，被母亲一把从被窝里揪起来，我很不情愿地睁开眼，看见窗外一片白。打开厨房的门，一股冷风窜了进来，和我撞了个满怀。地上白花花的，但不是雪，是乡下常说的白头霜。一夜白了很多树的头，白了青菜和萝卜清脆的腰身。我生火做饭，灶膛里没得平日里细长的松针，只好用一把未干透彻的毛柴叶点火，一下冒出浓烟，呛得我直咳嗽。“烟子烟，莫烟我，搭根梯子，你上青天。”我碎碎念起祖母教我的童谣。饭煮熟了，菜也熟了。菜是鸡蛋羹，做起来简易节时，把土鸡蛋打碎，用碗装好，加好水和油，混合一点辣椒粉，随饭一起蒸熟。

斜挎黄书包，我一只脚踏在青石门槛上，弯腰捡起门角落里一根父亲早备好防滑的草绳，紧紧绑在解放牌胶鞋上。另一只胶鞋也绑好，一溜烟跑出屋檐。村口，一起上学的几个伙伴碰了头，前前后后往乡中学赶去。满头黄毛的喜毛在吃烤红薯，这家伙肯定又偷懒，没来得及做早饭吃。他吃得吧唧吧唧响。路上结冰，滑溜，我们走得很小心，生怕摔个狗吃屎。

一向喜欢说笑的海平不管脚下打滑，故作正经地说：“看，看啊，喜毛的耳朵在动！”我们齐刷刷回过头来，喜毛腾出一只手，不由自主地摸了一下自己的耳朵。我们哄然大笑，喜毛上当了。猪吃食，耳朵动。喜毛明白自己吃了亏，要挤上前来打海平，我们谁也不让。正走在两边覆着一层薄冰的田埂上，喜毛无可奈何，他没法冰上飘。我们不让喜毛插队到前面，其实每个人还有个小算盘，不想被他的红薯“臭气弹”袭击。

从村里到乡中学八里路，平常我们疾步走只需四十分钟，下雪结冰就耗时多了。我们才走到乡政府所在地，就听到了半山腰上中学里传来的早读铃声。我们赶紧铆足劲，一路奔跑过五星大桥，滑下乡水电站斜坡，再跑过一段铺满青石子的机耕道，冲上一座半坡，半坡上是我们的学校。我们的学校，其实就是两栋房子，前面一栋是教室，后面一栋是教师和学生宿舍，最后面还有一个用杉木皮做瓦的小棚子是食堂。我们分头钻进各自的教室，班主任的身影就跟随着晃了进来。

学校有部分寄宿生，那都是至少家住十五里开外的学生，迫不得已才寄宿。寝室连木床都没有，席子铺在地上，被子搁在席子上，木箱子放在枕头边，吃饭时候掉落的饭粒，走来走去带来的沙子灰尘，还有各种被褥散发的各色气味以及臭袜子，一个不落地拥挤在小小的寝室里。

我一开始也寄宿，钱都交了的，可我实在受不了。不到半学期，嘴巴因为吃带来的干菜、酸菜起泡，开始是红肿，后来是糜烂。身上也被传染上了疥疮，那个痒使得我像头牛一样见到墙壁就想蹭几下。放弃寄宿跑通学，白白浪费了家里的钱，母亲狠狠骂了我，父亲的脸色也一连几天不清透，弥漫着阴云。

简陋的教室，地面还是凹凸不平的，窗户连玻璃都没装，西北风呼啦啦地刮过来刮过去，剩下我们像寒号鸟一样在寒冷里哆嗦。有些时候，我都听不见讲台上老师在讲些什么，尽顾着听风声了。贫穷，能听着风声也是美好的，这话对当时的我来说，就是脑子烧糊了说梦话，不着边际。

一下课，班上的男同学们涌到教室后边，靠着墙壁挤暖和，一个个你挤我我挤你，吃奶的劲都使出来了。女同学不好意思参与，就看我们男同学挤。有时候，个别同学没摆好姿势，不是肩膀靠着前面的同学，身子也没有横侧，就是肚皮大半朝后面的同学，不出几分钟，就受不了，挤得哇哇大叫。可前后夹击，脱不开身，也没谁管他，最厉害的时候都挤哭了。一散开来，哭鼻子的同学就成了笑谈。可笑谈归笑谈，不久又重返队伍，挤得比谁都卖力。这种温暖的快乐，各个教室里都上演相同的一幕，欢笑声、呐喊声随风飘远。寒冷暂时靠边站。

第四节下课，寄宿生好像发了疯的牛一样奔向食堂。我们没寄宿的只能眼巴巴地看着他们去吃饭，饥饿感一寸一寸地加厚。家里只有烤红薯可带，这东西充饥，可是这天寒地冻的，哪怕带个来也冷得像个铁疙瘩。不带这唯一充饥的烤红薯，最大原因还是我不想成为同学们嘲笑的制臭机。尽管那时候年少懵懂，可也知道给女同学留个好印象了，不想成为被嗤之以鼻的人。宁要面子活受罪。一大早起来，扒拉一碗饭，八里路走下来就消化得所剩无几了。上午熬过去了，下午还得硬撑下去。

家里条件比较好的同学，有时候带个法饼来充饥。圆圆的法饼散发出诱人的麦香，闻其香而不能吃，更是让人坐立不安。我前排那个姓钟的女同学，她爸爸在县印刷厂工作，每天带一个法饼来，一到吃饭时间，就低着头伏在桌子下面窸窸窣窣地吃。我给她起了个外号叫小老鼠。“小老鼠”其实长得很可爱，我恍惚记得她给过我法饼，但吃没吃就不记得了。

我和喜毛不喜欢午饭时间待在教室里，时常上街去转悠。走过大桥，桥头老供销社的一楼门口，有个卖包子馍馍的供销社家属，矮矮胖胖的，脸上发着油光，还白皙白皙的，喜毛叫她大包子。确实，她就像一个走动着的大包子。覆盖着白包袱布的包子秩序井然地躺在蒸笼里，热气腾腾，香气扑鼻。路过包子店门口，我和喜毛都磨磨蹭蹭起来，步子变得极其缓慢，眼光紧盯着包子，喉咙里都伸出了一只只手，急切地抓向包子。

喜毛比我胆大，有回“大包子”被人叫上楼去，只剩下香喷喷的包子在门口，正好周边也没人，喜毛突然悄声对我说：“我去拿两个包子！”话未完脚已迈去，我一把拽住他的肩膀，生生把他扯转过来。喜毛回过神来，吞下口水，跟着我回中学。

回到半坡之上，一只小黑鸟孤零零地站在长长的电线上，不声不响，好像电线打了一个扭结。我和喜毛望了好一会，觉得小黑鸟此刻是我们惺惺相惜的朋友。几声咩咩入耳，不远处一只小白羊在啃食残留着冰碴的地面。小草连黄色的草叶都没有了，啃不到什么，小白羊干脆伫立在风里，一动也不动，好像一朵不知回家的云。

天欲黑，我们放学了。我们急冲冲地往家里赶，饥寒交迫的一群人没了早晨上学的精气神，蔫不拉几地不发一语。在走过长长的田埂时，我一个不留神差点滑进水田里，幸亏喜毛一把抓住了我。我惊出了细微的热汗，朝他递上一个感激的微笑。天色全黑下来，我们走到了村口，看见自家堂屋里那盏五瓦的灯泡已经亮起。

三年跑通里，跑着跑着，同行的女同学都先后消失了，或留在家里帮助干农活，或跟随亲戚外出打工，甚至有些不到十八岁就早早出嫁了。我读高三时在县城遇到那个叫桃花的女同学，她身边一个小女孩怯生生地叫我叔叔。跑着跑着，喜毛去学修手表了，好不容易学成出师，但戴手表的人越来越少了，他后来在广东的化工厂里打工，连满头黄毛都脱光了……

望　归

从山上下来，我赶着一头老黄牛和两只羊。老黄牛已经很老，但对于农活熟门熟路，尚存的力气还能勉强对付板结的田土。两只羊都是白羊，母子俩。老黄牛温顺地沿路而行，两只羊不时跳入路边的菜园，仓促地啃上一口青菜，又迅疾地回到路上。

看到小羊调皮，我就捡起小石子扔它，它咩一声蹿出菜地。有时候菜地里藏匿着一些不知名的小鸟，被突如其来的小石子惊吓，扑棱而起，划破逐渐厚起来的晚岚。我朝山脚下望去，平时稀疏的马路上人影密集。有钱没钱，回家过年。乡下人对别的看得平淡，过年就不一样了，不远万里跋山涉水坐火车赶汽车都要回家。

父亲在海南石场里打石头，今年不知会不会回来过年？我想到这，不禁吆喝了一声，加紧下山的步伐，希望赶在父亲回家之前将牛羊入栏。

靠近自家的屋檐，母亲在浆洗我们兄弟俩的衣服。母亲费力地在搓衣板上上下搓动，衣服渗出的污水直往下滴流。听到我回来的脚步声，母亲头也没抬，继续洗衣。双手被冷水冻得如案板上的红萝卜，我看不到母亲脸上的表情，将牛羊赶入偏厦里的牛栏和羊圈。

邻居院落里响起欢声笑语，那是春成爸爸从贵州赶回来过年了。他爸在给小孩散发糖果，也给路过的大人散发卷烟。小孩接到糖果，开心得吱吱笑。大人接到纸烟，打着哈哈不住地说发财回来了一类的好话。

我走出偏厦，准备去村头旺国家里拿一本武侠小说。“不许去，多大了，还去人家那里凑热闹！”母亲冷不丁地抛过来两句话，硬邦邦的，如院落里去年搁置在一角的枞树木头。我没回话，自顾自径直走出院门。

夜色越来越浓了。我回来的时候，选择走马路，心里还是存有一点指望。迎面走过很多的熟人，我挤出笑容，算是对他们打招呼。

在院门口，碰到从人家那里吃糖归来的弟弟。弟弟拿出一颗很漂亮的糖递给我，我没好气地挡了一下，糖掉在地上。弟弟有些委屈地弯下腰，捡起糖，还拍了几下，好像粘了很多灰似的。

看见母亲在屋檐下晾衣，眼睛却盯着马路上那条通向我家的青石板路。有那么好一会，母亲好像凝固了一般，一动也不动，似在远眺，似在深思。

母亲转过身来，抹了一把头发，对我们兄弟俩说：“快去搬柴火，今夜我们煮年羹肉吃！”听到有年羹肉吃，弟弟欢快地去抱柴火。我赶紧抓来一把生火的枞毛须须。柴火红旺旺，映红了灶屋。

母亲低身把肉放进鼎锅里，我发现她的眼角有一丝丝涩红，明显是流过泪。我没作声，也装作没看见，和弟弟东扯葫芦西扯瓢，逗弟弟开心。

夜彻底黑下来了，尽管马路上陆陆续续还有人打着手电归来。但聚在火塘边的我们都心照不宣地明白，今年父亲不会回家过年了。父亲还在为我们兄弟俩挣来年开学的学费。

借　米

晚岚罩住整个村庄，母亲荷锄归来，腋下夹着一把长豆角。听到母亲的脚步声，我惊跳起来，看小说忘记了煮饭！母亲走进院子，把锄头挂在屋檐下的墙壁上，背对着我说："鸡鸭都进笼了，看书还看得这么起劲，不看成个近视眼才怪。"然后，母亲坐在屋檐下择豆角，暮色一下就涌到了屋阶。

我放下从灶屋提出来的铁鼎锅，一只手拿开米缸口上的小木板子，一只手伸进米缸摸打米的竹升子。升子落在深深的缸底，我扒拉几下，才发现没米了。早先几天母亲就要去对面院子碾米，可父亲在海南石场里打石头，母亲一个人对付农事，一忙就忘到南天门去了。

"莫得米了，何咯办？"我朝母亲急切地喊了一声。母亲听到我的叫声，站起来拍了拍衣服，回答我："还能何咯办？你看谁家有米去借一升！"借米？我心里老不情愿地嘀咕，但不去不行，母亲劳累了一整天，中饭都没顾得上好好吃。弟弟还在外面疯玩没回家，回到家就会叫嚷着要吃饭。

我拎着竹升子出门，去谁家借米呢？人却不由自主地朝隔壁邻居孙二娘家走，隔里隔壁的平素交情深，相信不会打空转身。孙二娘家只有灶屋里有光亮，在生火做饭。我走近叫了二娘一声，二娘转过身来，一边拍手上的灶灰，一边笑哈哈地说："军伢子，有么子好事啊？""二娘，我家没米了，向你借一升米做晚饭。""哎呀，真真是不巧啦，我家正好也就凑合着今夜一顿饭米。""哦，那算了哒，我去别的地方借。""那对不住了哦，好生看路哈，慢点行。"我快步走出孙二娘的院子，失望地摇了摇头，影子在我前头左右晃动。

我相信孙二娘家也恰巧没米，以前两家都相互借过米的，有借有还，再借不难。母亲还米特别注意，每次借孙二娘家的米，升子顶端平平地借进来，升子顶端垒得尖尖如塔还回去。我纳闷不解，母亲一句话打发我，不能让借东西的人吃亏，最好能给点小回报，再借就容易。对此，母亲在村里的人缘很好，不像有些人借米甚至都忘记还人家。

空手出来，但绝不能空手回去。我继续朝前走，一连又问了几家，结果都是没米。今天真是奇了怪了？好像集体联合起来为难我似的，处处碰壁。

夜色越来越浓，如黑缎子从村前铺了过来。饭香味越来越浓，夹杂在夜风里不时袭击我的鼻翼。饿意和失落一齐把我击得七零八落，有点恓恓惶惶。将就着路边人家透出来的一点灯光，我小心翼翼地踩在时有时无的青石板上回家。

突然前面一个人影向我直扑过来，仔细一看是队长孙孝正。这个人在生产队里历来欺压人，很多人讨嫌死了他，但他仗着自己辈分高，毫无顾忌。我赶紧侧身走一边，正要错身而过。"军伢子，咯个时候还莫回家，在搞么子？"他竟然主动和我说话，我始料不及，只得实话实说。"哈哈，这几天借米只怕是借不到，柴油紧缺没得供应，碾米房好些天没开动机子了。"哦，难怪我借不到米，失望深深浅浅地掉一地。

“我家还有点米，跟我走吧。”我简直不敢相信，但还是紧随而行。走到他家门口，他叫了一声，他老婆应声而出。他老婆也不是个省油灯，处处喜欢占便宜。她有一块土和我家的紧邻，每年她都要挖过来一点点，几年下来明显越过了界线，搞得母亲一肚子火，母亲按照原界线挖了回来。后来，她和母亲在那块地上骂了一天，但是母亲坚持寸土不让。两家从此多多少少有了点隔阂。

他老婆给我量了一升米，递给我，我头一回发现她那双死鱼一样的眼睛里也有几许温情，起初我还以为是柔软的灯光。我道了一声谢谢，端着竹升子一路愉悦地走回去。

乡村的夜再黑也不够黑，因为它有天上的星光闪烁，有地上的灯火亮堂，还有朴素的人情温暖。

送　饭

昨夜那场大雨真真是大嘞，屋背后的山洪水在正午的阳光下还没断线。水洗过后的大地清新、清爽、清朗，鸡鸣从对面的院子随风送过来，自家的几只雄鸡不甘示弱应和起来，此起彼伏，热闹得很，好像此刻还是很早的晨曦。

少年吃完晌饭，和几个小伙伴在隔壁屋檐下拍纸片。拍得满头大汗正起劲，母亲急切地喊他回家，要他去给清早出去耙天水田的父亲送饭。少年已经输了好几张纸片，正想着如何扳本，听到呼喊很不情愿地起身，不禁嘟囔了几句。小伙伴们没散场继续拍，一个个得意扬扬地朝他挤眉弄眼。

家里那丘天水田是整个村子里最远的，地处两县之界。上头抵处为新邵，下头接壤即隆回。到达界限处的那丘田，要翻过一座黄毛岭，要穿过一片山林，还要下一座山坡。路途迢迢，那丘田倒是有个好名字，因为形状似月，很少体现浪漫情怀的乡人叫它月亮丘，不乏诗意，可耙月亮丘每年都累得够呛。今天父亲一大早赶着黄牛牯，一肩扛犁一肩扛耙，火急火燎地赶去犁地耙田，抢时间保住一丘难得的天水，好插早稻，连回家吃饭的工夫都没得。

母亲递给少年一个小竹篮，篮子里一碗白米饭和一碗猪血丸子炒腊肉，用蓝印花布包袱扎着，尽量保住饭菜的热气。猪血丸子和腊肉都是自家做的，香喷喷的，透过蓝印花布，一丝一缕地钻入他的鼻翼。接过篮子，少年小心地把竹篮子斜挂在右肩上，左手拉着篮沿，右手反过来托着篮底，稳稳当当的。见此情状，母亲抿嘴笑了一笑，无声地表扬少年做事扎实。

少年风快地穿过村子，不一会就蹿到了黄毛岭半山腰，微微有些气喘，决定歇息一会。举目四眺，青瓦覆盖的村子在阳光下泛着白光，之字形的小河流明显比平日里丰腴了很多，耀眼地闪入眼帘。小学校那根旗杆突兀地立在操坪中间，没有迎风招展的红旗挂在上头，好像一根被斩掉所有枝丫的小杉木，毫无气色。一股凉意沁来，少年才发现刚才自己走得太快，已经出了一身微汗。山风徐来，身边的那棵老枞树保持着沉言寡语，黝黑的躯干上有成群结队的蚂蚁，正在忙碌地上下穿梭。

少年清楚歇息不能过久，一则越歇息越疲劳，二则饭菜凉了不好吃，于是继续爬山。突然，一只体形超大的土蛙从过身的土壁蹿到竹篮上，吓了少年一大跳。少年迅疾用手打掉了它，土蛙嘭地一声掉在地上。摔得头昏脑涨，一下子都动弹不得，少年恶作剧般嘿嘿笑了几声。走着走着，不安分地边走边望，很快发现一丛三月泡，红艳艳的，还滴着清新的雨露，赶紧向前摘了几颗放进嘴里，甜津津的，实在好吃极了。要赶时间送饭，来不及细摘，少年心想，等回来的时候好生摘一番，用蓝印花布装起来，带回去给一向喜欢吃泡的弟弟。

总算到了山顶，现在要平穿过一片山林，林子并不密，路两边长着高低不一的茅草，特别是一些长得太急的草叶被疾雨打翻在地。少年走过去，不滑跤，很舒服，但两边的草叶很快打湿了他的裤腿。少年一点也不在乎湿了多少，阳光一晒就会干。

猛然，少年急刹车般止住了脚步，额头上的汗水刹那间蜂拥而至，路前头有两条乌鞘公蛇紧紧地盘在一起。少年庆幸自己眼明，没有踩上去。庆幸之余，少年很快想起一事，村子里老人家有一说：“见蛇相附，赶紧脱裤。”要是看见蛇交媾，不脱裤家里就会生病倒霉。少年第一念头是赶紧脱裤子，正要动作，两蛇突然松开，溜进了草丛。少年心有余悸，愣在那儿，一时半会不敢走动。刚才没来得及脱裤子，以后有事怎么办？少年有些恼恨自己动作不够利索。家里经济本来就不够宽裕，风里去雨里来，也就管个饱肚子。一旦有个啥病啥灾的，那可就担待不起了。

少年有些怯意，不敢向前，萌生打退堂鼓的念头，想起父亲劳累了半天多还在坚持劳作，正盼望自己送来的饭菜解饿增加体力呢。向前和返回好比两军在脑海里交战，一会儿这占上风，一会儿那占上风，不可开交。最后，少年咬紧牙关，横下心来，大声吼出一句：我们是共产主义接班人……昂首挺胸，英勇无畏地走了过去。安然无恙，少年心生一股豪气，歌声立马升高了一格，响彻山林。走山道放声歌唱，少年穿过山林，惊飞了树梢上几只觅食的斑鸠。

下坡，好几处都是黄泥巴路，少年一不小心打了个趔趄，滑了下去，还好前方有一块横起的青石，脚抵住了它，才稳住了身子。少年冒出的汗比刚才遇见蛇还多，差点就打翻了竹篮，打碎了里面的碗。绝不能掉以轻心，越是紧要关头越是要挺住，少年屏住呼吸不敢左右旁顾，一步一步地挪动脚步。经过一口山泉处，少年才发现密集地出了好多汗，有些口渴，赶紧蹲下来，双手合拢掬起一捧水喝。捧了好几次，才止住了渴。感觉每个毛孔都透着一丝清凉，少年紧绷的心弦才慢慢松开。

走到田头，父亲已经耙平了月亮丘，水光漫漫。一会儿，父亲松开牛鞍，将犁耙清洗干净放到田塍上。黄牛牯迫不及待地钻进不远处的草丛，摇头晃脑地啃着青草。父亲打开包袱，津津有味地吃起饭来。

少年那一刻感觉到无比的快乐，阳光打在他的脸上，比杜鹃花还艳丽。而月亮丘真的好像一枚月亮，在他的心头一点一点亮堂起来……

守　水

只剩下少年一个人孤零零地在守水。少年家的刀把丘田在偌大田垄的最后头，哪怕第一个放水，也要最后进田。这个夏天太阳疯了一般，也好像九个太阳归一了，毒辣辣的，一早就好像一条小火鞭抽在皮肤上，也抽在村庄的大地上。万物萎蔫，所有的山塘张着空虚的大嘴巴对着万里晴空，无奈而苦涩。

少年独行在田塍上。父母在南方工厂打工，爷爷已经居住在对面的青山之上，年迈的奶奶双目几近失明，还每天起早贪黑为少年和少年的妹妹做饭洗衣。懂事的少年看到自家的稻田干涸，干枯的稻叶卷曲，心里掠过火灼似的疼痛。种植这点水稻可不容易，耙田是请人耙的，栽也是请人栽的，成本高着呢。

田垄中穿境而过的一条小河，原本饱满的身躯变得细微不堪，筷子大小的一根细流。平日里随便拦截，就能将汩汩河水放进田垄里。现在，村里的乡亲在田垄上头砌了座结实的小坝，几乎滴水不漏。从坝上引水到自家的刀把丘，要经过大小十几丘，有些人家留了水道，水还能麻溜地直接走，可有些人家没留水道等于要给他灌个遍，水才能迟缓地经过。少年忧心忡忡，只怕一夜到天明，水也灌不到自家田里。

已经快午夜了，天上的星星都已经失却了清澈的光芒，密集的萤火稀稀落落溃不成军，蛙声一会儿紧一会儿松，没有了起初的显赫和张扬。水离刀把丘还有好几丘田，恰好那几丘田没得水道，一时半会是没希望把水引进。只能苦守在这里，要不忙忙碌碌守了白天也守了半夜，哪个乡亲凌晨来了把水截走，所有的工夫都白搭。少年提着小锄头，来回走着，时不时地挖起一块田泥，加固某些被水冲得快要裂开的水道。

走过牛鞍丘，少年窸窸窣窣的脚步吓走田塍上的蛇。看来那蛇还不小，在稻田里穿梭，稻子都闪开一条道，左右摇晃。少年额头上冒出了豆子大的汗珠，心口剧烈地跳动，一时出气不赢。少年最怕蛇了，一想起那三角形的头，还有那吐出的毒信子，心里就发毛。可此刻少年在惊吓之后，顾不得多想，一心只想早些放好水。少年不再踏步上前，遇到有草长得密集的地方，先用小锄头试探性地拨弄几下，没什么发现，才继续往前走。接下来，倒是没再遇见蛇，只吓跳了几只青蛙。有些青蛙跳得太高太急，落在干田里，发出砰砰之声。少年心想，没水的田连青蛙都摔痛了，回家它的妈妈一定会心疼吧。想到妈妈，少年心头有一点苦涩。少年打小就和妈妈聚少离多，和妈妈并不亲，倒是和奶奶格外亲。每每受点小伤，奶奶都会心疼不已，会反复说那几句老话：细伢子摔不到碰不伤，摔长摔长，长大成人。

来来回回地走，少年体力不支，腿脚酸痛。找一块比较开阔的田头，尽管干旱已久，田头还是长着一些生命力极其顽强的马鞭草，马鞭草很硬，少年坐上去有点刺屁股，但一会之后就变得舒适了。少年双手抱膝，远处的村庄在夜色之中酣睡如初生的婴儿，天际星星寥落，萤火虫也进入了梦乡，蛙鸣销声匿迹。只有可恶的蚊子还不肯歇息，起起落落地袭击少年。少年一身蚊子包，不敢用力抓，抓破了更难受。尽管蚊子一波接一波叮咬，少年还是有一些睡意不可驱散，慢慢地把头抵在膝盖上，眼睛怎么也睁不开。

水突然变得哗哗响，从田埂上头涌来，一丘一丘很快漫过去。那些久旱逢甘霖的稻子一个个张开饥渴的嘴，饮了个透身凉，饮了个精神爽。水分迅疾在体内游走，耷拉的枝枝叶叶恢复了元气，甚至稻子吸收水分之后灌浆的声响都清晰可闻。少年欢喜得雀跃起来，他似乎看见了丰收的季节。喜不自禁，少年从梦里醒来。

站起身来，不经意打量身边的水道，奇了怪了，水道里何时变得如此丰盈了，虽说没得哗哗之水响，但是很明显水流量变大、水流速变急，照这样子不出天明，水就能满满地灌到自家的田里。少年一时不敢相信自己的眼睛，不由得蹲下身子，掬起一捧水抛在了脸上，很凉爽。少年清醒过来，这不是午夜梦境。少年的心被突然加剧的水流冲走了所有的烦恼，塞满了突如其来的快乐。

很快，从少年的背后走来几个人影，到了跟前发现那几人不是村里的。原来是驻村抗旱工作组。他们从六都寨水库引来了充沛的水。少年不由得鼻子一酸，不知该说些什么。那一刻，天也已经放亮了，少年走在回家的路上，第一次发现久旱的山村曦光如此美好，而那轮冉冉升起的太阳也变得不再那么面目可憎，有了几分可亲可敬。

少年知道，干旱的阴影已经消遁，丰收的日子从季节深处一步一步走来。

做　秧

倒春寒的余威还没消散殆尽，父亲掐着时令赶着水牛，来到水路畅通的月亮丘。月亮丘已经冬翻过，现在被父亲蓄满了水，水光盈动。有些泥块固执地浮出水面，远远望去，像大海里一个个小礁岛。秧田的泥块必须细碎而黏稠，父亲先用铁犁翻耕一遍，然后细耙一遍，把月亮丘整得一掌平。

在我年少的眼眸里，父亲也是一个神奇的魔术师，很快他就把月亮丘划成了一小长块一小长块的，块与块之间，是一尺宽预留的通道。通道里的泥巴都被父亲掏出来，均匀地撒在秧床上。秧床好像一道道大眉贴在月亮丘里，风起时眨动，水波款款。

父亲用木耙将秧床耙得平整如砥，铺上薄薄的农家灰。农家灰既可以让稻种更好扎根，也可以为稻种输送肥力长得快。阳光晴好，父亲躬身在平整的秧床上撒谷种，撒得很慢，但特别均匀。或躺或立的谷种都破了芽，那些细嫩的小芽好像努起的小嘴巴，吻着阳光。此刻，它们鹅黄的稚嫩模样，尚且经不起严寒和风雨的侵袭。父亲忙着给刚从温室里出来的孩子穿衣——将青苔撒在秧苗上。

父亲，这个恪守传统的农人，即使塑料薄膜已经广泛使用，还坚持去山上耙青苔。他总是说，给秧苗保暖，还是青苔最过硬。这话倒是不假，有一年，村里用薄膜的人家秧苗冻坏了，唯独父亲的毫发无损。可那些细细小小的青苔，要费时去山上耙，穿林子钻荆棘丛，爬石越坎，挑回家晾干，好不容易才能积少成多有一担。而我家每年需要五六担，父母亲要翻山越岭多少次才能给秧苗编织出这身温暖的衣裳。秧苗懂得，因此站立得稳稳当当的，见风就长，争分夺秒。不用多久，它们就会茁壮成一片最为耀眼的绿色，这是父母亲和整个村庄春天里最大的希望。

从山上下来的不仅有风，还有成群结队的麻雀子。它们觊觎着一粒粒似乎还饱满的稻谷，时不时地侧身冲向秧田，叼起一粒。父亲吆喝着赶过去，才转过身，它们又从另一端偷袭，防不胜防，无济于事。母亲于是从家里带来一些稻谷，撒在田埂上和空田里。麻雀们欢天喜地，转移阵地。

父亲赶紧竖两个稻草人在月亮丘的两端，稻草人穿着我废弃的破烂衣裳，手里握一根长条的竹枝，枝头上系着一个白色的薄膜，在风里噗噗作响。稻草人替我们守护秧田里的秧苗们。

白天还可以去守，夜晚就难了。饿了一冬的田鼠不管不顾，趁着夜色出来觅食，啃还没完全瘪掉的稻谷，甚至连长出的小秧苗也一顿咬噬。它们吃得不多，但是会把秧田搞得一片狼藉。父亲白天把田水放掉，秧床晒泥，以利于秧苗生长。夜晚将月亮丘蓄满水，防止田鼠窜入秧床。起先几夜，田鼠们不敢乱动，等发现真相，稻草人只能眼睁睁看着它们搞破坏。

父亲总有好的法子，夜半时分，抓一把过年剩下的大散爆，点燃，猛地扔在田埂上，一声接一声地炸响。田鼠们吓得魂飞魄散，四下逃命，一时之间再不敢为非作歹。争取到数天的时日，秧苗已经长高了，谷子里的营养也吮吸干净了，田鼠们再来，只能望苗兴叹，灰溜溜地去别处觅食。

从山谷走出的清凉的风，在父亲身边游来荡去，温煦的阳光，抚摸着他那张刻满风雨印痕的老脸。父亲累了，总是习惯性地抬头望天，似乎里面有什么能驱散疲惫的神物。然后，低头看秧床上一天一个样子的谷秧。有时候，点燃一只“大喇叭”，吧唧吧唧地吞云吐雾，树桩般久久地蹲在田埂上，似在侧耳倾听，又似在出神凝望，脸上一片安然。

五一前夕，秧苗满月了，父亲盘算着开秧门，着手准备一些祭祀的烧纸和鱼肉。看到父亲从集市上买来的草鱼，我比家里的小黄猫还兴奋，吞了吞馋口水，要开秧门莳田了。

捶田坎

三月里雨水淅沥，打在村庄的屋脊上，落在翻耕后起伏的水田里，带着未尽的料峭春寒。四野空蒙，少年端坐在自家的屋檐下，在一条结实粗大的长凳上写作业。写着写着，有了几分倦意。黑瓦分明是雨水的琴键，弹出优雅细致的乡村音符，弹天地仁和，弹春华秋实，弹荣辱兴衰，弹白云苍狗。大时宛如急行军脚步踢踏，小时如散步者悠闲轻慢，雨歇息时尚未流尽的水滴吻在几块凸出的瓦片上，情意缱绻，难舍难分，看得少年有几分莫名的揪心。

再多的雨水也有尽时。春阳灿烂，温暖覆盖村前村后，不过数日，吐绿的万物蓄足了水分，向着阳光一日一个新模样，把春天催得生气蓬勃。正逢周末，少年的梦境还沉溺在雨水迷蒙里，酣睡悠远。祖父在楼下的大声吆喝，惊醒了少年梦里追逐的蜂蝶。少年揉着睡眼，一脚高一脚低地下楼来。祖父递给他一个小木槌，大大的木头长在长长的木柄前头，估计也就四五斤，这个比少年读过的《隋唐演义》里李元霸的金锤差劲多了。

今天，祖父要带他去捶田坎。

南方多雨，村里谁家没得几块天水田。雨水，就是天水田的至亲。没得雨水，天水田就缺少滋润，就无法长出抵御饥寒的稻子。趁阳光好，趁夏雨还没滂沱，祖父带少年去捶自家那丘六石谷天水田。村里命名田，要么是按其形叫刀把丘、牛轭丘、腰子丘，要么就根据产量叫三石谷田、六石谷田、十石谷田。一石，过去少年一直以为就是一担，直到后来才明白，石是古代称量单位。村庄古意尚存，少年想到这会心一笑。

天水田大抵在半山腰上，至少也是在水渠之上十米开外。少年家的六石谷田就在半山腰上，到达之前要经过村里的菜园。此刻，只有白菜开出白色的花朵驱散菜园的空虚。也有几座坟茔点缀在菜园里，那都是很久以前就在那了，高高低低，护卫乡村的菜蔬。还路过几丘水田，水波浩浩，波光粼粼，照出少年稚嫩的脸庞。走在前面的祖父，身体还很硬朗，健步如飞，大气都不要出。少年紧跟其后。少年体恤祖父，明白祖父为这个家操劳不少。父母和村里人一样在南方的建筑工地上做工，积攒余钱，准备修建新房子。

祖父不服老，对村里人荒芜水田痛惜不已，本可以做人家搁置的水田，但他就是不愿意把六石谷田荒废了，对少年说："一丘田三年不做就成土了。"少年对此有些许微词，但忍住没说。这个时候，村里的同龄人此刻都在家看电视或打游戏呢！

站在六石谷田坎上，少年被从高处涌来的风围裹，打了个寒战。闲置一冬，田坎灰不溜秋，杂草覆盖，根茎在田坎里生长，有些地方皲裂脱落，露出垒砌的小石头，石头的罅隙如一张张干渴的小嘴，这是漏水、渗水、不保水的最大祸患。偶尔，田坎也有几个明显的小孔，估计是田鼠的杰作。一条田坎粗看完整无缺，其实内部隐藏诸多残损，只是路过的人无法察觉，只有祖父火眼金睛明察秋毫。田坎去年堆砌了一层护泥，祖父用锄头把护泥平整地"割"下来，露出田坎的真面目。祖父叫少年捶他已经割过的田坎。

少年抡起手中的木槌，使劲砸向田坎。嘭地一声，打破山野的空寂，少年的虎口一震，生疼。少年不会捶田坎，吃了个哑巴亏。祖父见少年龇牙咧嘴，赶紧上前教导他，嘱咐他用力抡起，狠狠砸下，但是在木槌碰到田坎的那一瞬，手不能紧握木柄，要略微松开，减少木柄对手掌的反弹力。不掌握捶打的技巧，不出几下，手掌就会震出血泡，血泡一破，手掌伤痕累累。

少年按照祖父的方法试捶了几下，慢慢上了道。一捶接一捶，所到之处的泥土紧紧地楔入石缝，那些张开的小嘴堵得铁紧，让它们在有稻子的日子里沉默无言，并抵御每一滴水的渗漏。捶了一会，少年的脊背流汗，一阵阵热气在衣服里奔涌，可稍一歇息又觉得凉意浸骨。少年的力气有限，一开始高扬的木槌，变得越来越矮，一开始亢响的碰撞声，变得越来越弱。手臂酸胀，腰身酸痛，少年依然坚持机械式的捶打动作。祖父要少年坐下来，喝口带来的茶水，稍作休憩。少年听话地坐在田埂上，茶水入肚，清凉润心，但又不敢多喝。举目远眺，雪峰山脉如马奔腾而来，又奔腾而去，来去之间是一座座炊烟袅绕的村庄。收回目光，半坡上的天水田密密匝匝，层层叠叠，是黄毛岭深浅不一的皱褶。没有鸟鸣，更没有虫声，只有偶尔的风打出一个小小的呼啸。祖父在抽自家种的旱烟，浓郁的烟雾弥漫，一闪一闪的火光映出他那老枞木一样枯燥的脸庞，还有那如雪一样刺目的发际。祖父老了，少年鼻翼一酸。

祖父开捶，捶少年刚才捶过的田坎。少年明白自己的力道不够，还不足以捶得那么严丝合缝。祖父加一轮捶打，很明显田坎又变细了一点点，但变得更结实更稳固。起起落落，上上下下，田坎在少年眼里好比铁匠手里的一块长铁，被捶打得铮铮发亮。少年也有些倔强，不愿服输，每一下好像都使完了所有的力气，但接下来的那一下又接上了所有的力气，嘭嘭之声在山野间回荡。捶打中，也不是全然了无生趣，少年看见一条黄鳝从田坎的泥土里挤了出来，惊慌失措地逃进田里；看见一只灰色的小蚂蚱从石缝里跳了出来，刹那间跳至田坎下的草丛中。祖父老了，真的老了，捶上一阵，他就直起腰用手捶腰。少年好几次想上前为祖父捶捶腰背，但止于念。祖父自己捶几下，又抓紧捶田坎，根本给不了少年机会。捶着捶着，阳光洒到了田坎上，晴空一片。一条崭新的田坎在阳光下呈现光鲜的面容，祖父的眼里流淌出劳作之后的欣慰。

恍然间，蓄水的六石谷田储蓄了金秋的丰收，储蓄了五谷丰登的祥和与美满。当祖父看到少年被汗水濡湿还沾有几颗小土粒的脸庞，发出爽朗的笑声。少年不明所以，和祖父一起笑起来，浑身的疲惫似乎随笑声一起散落在山野里。下山，少年知道，祖母一定准备好了丰盛的饭菜在等他们回家。少年还知道，祖母此刻已经在屋檐下手搭凉棚，朝他们回家的方向不停地张望着。

雀跃旧时

三面环山的村庄盛产水稻，也盛产麻雀。它身形纤小，毛色灰不溜秋，从额至后颈部肝褐色；上体砂褐色，背部具黑色纵纹，并缀以棕褐色；尾暗褐色，羽缘较浅淡；翅小覆羽栗色，胸和腹淡灰近白，沾有褐色，两肋转为淡黄褐色，尾下覆羽与之相同，但色更淡。也许，是适者生存的法则使然，它这身颜色和村庄的土地颜色远远看去别无二致。村庄以极其宽容的胸怀容纳麻雀，麻雀在这种巨大的庇护下，繁衍生息，像炊烟一样弥漫在乡村的每一个角落，经常跟鸡狗一起嬉闹，和孩童一起玩耍。千百年来，麻雀大概是村庄唯一不曾远离过的同存共荣的飞翔动物。

村庄里长大的孩子，童年的记忆深处总是飞翔着几只调皮捣蛋的麻雀。平日里，麻雀在我的身前身后觅食或飞个不停，我都习以为常，不觉得讨厌，只是叫的声音不好听，叽叽喳喳的像门前的溪水一样不停歇，单调划一没什么新意。可一到稻收季节，我就对麻雀恨之入骨。当金灿灿的谷子堆满晒谷坪，平时好像也就那么几只在屋前屋后打转的麻雀，不知从哪里呼朋引伴，瞬间聚集成大部队，黑压压地直逼村庄各家各户的晒谷坪。

这个时候，看守谷子的任务义不容辞地落到我这个小屁孩身上。此时，往常看起来憨头憨脑的麻雀一下变得聪明起来，不，变得狡猾起来，让我无数次领略到了它的厉害。麻雀叼食时很机警，面对满坪的谷子，一点也不激动，极为镇定。它先向四周巡视，觉得安全，或见有几只在啄食时，更多的鸟才敢飞近。而任何一个突然的声响，它们都会毫不例外地全被惊飞。刚开始，我用响把敲击地面，响把发出叭叭的声音，一下就把它们吓走了。响把是我们南方村庄的特产，就是一根一米来长的竹竿，最下端用刀剖开。用力敲击地面时，竹片相互撞击，发出叭叭的声音。响把是专门用来驱赶偷食的麻雀或鸡鸭的。起先几个回合，麻雀落到坪上，我坐在屋檐下，重重地敲击几下，立竿见影，麻雀一次次惊飞。

我有些轻视起他们来，开始开小差，拿起一本连环画，津津有味地看起来，并自作聪明地不时挥动响把，以为麻雀不敢再来。哪知道这些家伙也精得很，时间一长它们蹦蹦跳跳地逐渐靠近，对我远远的响把竹声毫无顾忌，肆意海吃海喝，甚至狂妄地发出幸福的叫声。我晃过神来，急忙跑上前去，“啊呜”“啊呜”地吆喝着驱赶。可等我转过身来，它们又呼啦啦地落到我的身后，又啄起几粒谷子或者恶作剧般拉下一团团稀稀的鸟粪。我气愤地朝它们不停扔响把，响把一落地，麻雀又飞拢来。我从这头撵，它们跑到那头。我跑到那头，它们又飞到这头，时常弄得我非常狼狈。

中午的阳光毒辣辣的，针一样刺我幼嫩的皮肤，我跑得满头大汗，心里窝火得很，可又无可奈何。最可恨的是这拨鸟儿吃饱了，我费尽力气，它们刚被撵走，那拨鸟儿又来了，始终和我较量着战斗着，而我一个人孤单无援，最后落得一身疲惫，还要换来父母的呵斥。在驱赶麻雀这点上，我这个麻雀的爪下败将倒是很佩服读书一塌糊涂但很会调皮捣蛋的狗伢子。这家伙自制了一副牛皮筋弹弓，平时见到什么打什么。为此，他没少挨大人的揍。但他不改劣习，一段时间下来练就了一把好手艺、好准头，虽然不能百步穿杨，却也能打个八九不离十。他看守家门口的谷子时，藏在门后，瞄准麻雀打。当一群麻雀看到自己的同伴悄无声息地倒在满是谷子的地上，惊惶不已，逃命要紧，纷纷飞离。于是，狗伢子看守稻子一刻也不用离开屋檐，尽享清凉。只是，年少的我一个劲儿佩服他，却从没想过我家晒谷坪上的麻雀之所以那么多，有很多就是他这个邻居用弹弓打过来的。

在我那乡下，麻雀除了营巢在树洞中、松柏树的枝丫间、废弃的烟筒内、废弃的喜鹊巢外，特别喜欢营巢在农家的土墙洞穴里和楼层的木梁上。我没有狗伢子的射击本领，但这并不说明我就没有对付麻雀的办法。白天的劳累没有消减我对麻雀的仇恨，夜晚我精神抖擞地叫上几个死党，抬着楼梯，挨家挨户掏麻雀窝。夜晚，麻雀都安详地待在窝里，满足地彼此依偎着，做着甜蜜的梦。站在楼梯上，我屏住呼吸，轻轻地把手快速地伸进鸟窝。掏的次数多了，经验丰富的我凭手感就知道每一回抓住的是什么。滑滑的，一定是成年的麻雀；肉肉的，就是羽毛未丰的雏鸟；圆圆的，当然是尚未孵化的鸟蛋。抓住老麻雀，我们用一根根钓鱼线系住脚，它飞起来想逃跑时，就会被毫不客气地拉下来，再飞再拉，反复折腾，直到麻雀疲劳不动或死掉。对雏鸟，出于对它们父母的仇恨，我们也毫不留情，不管死活都随手丢到地上。它们往往成为猫或狗的美味。

鸟蛋，我们就格外珍惜，一般是作为战利品平均分配。拿回家，叫奶奶煮给我们吃。我们会像吃鸡蛋一样吃得津津有味。鸟蛋滋补了我们营养不良的童年。对于我掏鸟窝的行为，父亲从来不加以阻拦。父亲也极其厌恶麻雀。每年清明时节，早稻谷种刚刚播散在平整后的秧畦上，就被饿了一冬的麻雀疯狂般地侵袭，连半裸于泥土里已发芽的稻种也被无情地啄成了空壳，害得父亲再次或多次“补缺”。

尽管麻雀不讨人喜欢，但它把村庄当作自己的家园，并没有因为曾经被纳入“四害”、遭到致命的打击而离开村庄，依旧在我的身前身后雀跃，依旧在我的童年时光里和我对峙。我就在这叽叽喳喳的叫声中长大，在这叽叽喳喳的叫声中背着书包上学，在这叽叽喳喳的叫声中如麻雀一般蹦蹦跳跳叽叽喳喳地回家。上学后，我明白了麻雀主要吃的是害虫，它是生物链上不可缺少的一环。从此，我不再掏鸟窝，只是在晒谷坪上照例驱赶。在一些明朗的月夜里，闲下来的母亲教我唱民谣。村庄的民谣多得像天上的星星，也多如村西的茅草地。其中，最让我印象深刻的是《麻雀子》:“麻雀子，尾巴长，打起鼓，嫁姑娘，去时梅花飘，归时梅子黄。眼泪汪汪念着娘。麻雀子，尾巴长，讨了婆娘忘了娘。麻雀子，跳呀跳，跳到姐姐屋门口，姐姐你莫笑，如今老弟当了皱（贫困），没有钱呀米也要，没有米呀谷也要。”教会我后，母亲抚摩我的头问我：“崽啊，长大以后，你讨了婆娘会不会忘了娘啊！”望着整日忙碌的母亲，我毫不犹豫地回答母亲：“我不会像麻雀子的，我会时刻记得娘。”母亲对我的回答很满意，笑容美丽得像地上流淌的月光。

从母亲的歌谣里，我感觉出麻雀在乡下人的地位是极其低下的，简直就是负恩忘义的化身。而庄子一句“燕雀安知鸿鹄之志”，牢牢奠定了麻雀之流的胸无大志和安于现状的形象。那时候，心比天高的我，也固执地以为乡下的麻雀是那么的没出息，打心眼里瞧不起它们，而自以为是地认为我的梦想在远方，那摩天大楼高耸的城市，才是我栖息的高地。高三那年的九月，我端坐在村庄的田塍上，看着麻雀一群群从我眼前的稻田掠过，那模样很满足，那神态很安逸，那姿态好像它们是一只只海鸥，身下翻滚的是金黄色的海浪。我依旧不屑眼前翻飞的麻雀，我知道，我所有的乡村岁月在这一瞬间被麻雀带走了。我将背起简单的行囊，离开村庄，离开我乡下的双亲。后来，我还满怀激情地写下一首题为《麻雀》的诗歌，幼稚地嘲笑麻雀：

在春天，麻雀总是沉溺于快乐
而不知冬天食物匮乏的困窘
雪地上赤着双脚，一点也不惧怕寒冷
对农家院子里金黄的玉米和谷子
耿耿于怀，奋不顾身的模样
一直凝固在我童年的记忆里

多少年了，麻雀一直不懂储蓄
许多时候，它们土头土脑地待在一起开会
自始至终喋喋不休，却永远也总结不出什么
于是，在田野上东游西逛
像极了我的某些乡亲，一生没有出过远门
披着灰褐色短衫，整天在村子里走动

秋天丰收后的稻草垛上
麻雀，那么认真地翻拾遗漏的谷粒
心满意足的模样令人心酸

在我刚蜗居城市的那几年，依稀听老父亲提起，麻雀少了，早晨难以听到麻雀的叫声了。我不以为然，城市的五彩灯光使我晕眩。慢慢地在钢筋水泥的丛林里久了，我渐渐有了城市过客的感觉，才发现与人相比，麻雀似乎更懂得恋旧。麻雀习惯于守护而不习惯于远飞。麻雀一旦选择了一座村庄或一座小山之后，就会安天乐命地繁衍生息。麻雀其实也是村庄的土著居民，它们总是和我的乡亲一起执着守护着这片朴素的乡土。其他候鸟在深秋时扔下这里的家，飞去温暖的南方避寒。只有麻雀，坚持在老家的严寒里过冬。我不禁开始想念村庄，想念守护村庄的一些人和物，包括麻雀。突然觉得，时时刻刻待在生育自己的地方，静静地过上一生，最后回归在村庄的泥土深处，原来也是一种难得的幸福和满足。难怪，父亲在我城里的家待上几天，就水土不服，迫不及待地回到了乡下。

于是，格外怀念麻雀。我在秋天回了趟家，乡村空气依旧清新，村落变得漂亮起来，眉宇间多了几分现代气息。然而，乡村的麻雀却踪影难寻了，乡村因缺少麻雀的吵声变得寂寞了，失去了一种天籁之音。在家门口坐了很久很久，静默，后来，抬起头，不经意间发现，光秃秃的椿树枝丫上有一片叶子，浅褐色的，还未落。可一会儿工夫，那片叶子落到了另一根枝丫上，就是没落下来。仔细一看，发现居然是一只小小的久违了的麻雀。心里有一些老友重逢的喜悦，目光久久地锁定在它身上。同时，一些愧疚剧烈地涌上心头。也许，多年前的某一天，是我伤害了它的曾曾祖父或祖母。

第二天，早早地醒来，不是麻雀的叽叽喳喳声吵醒的，是为了赶上早班车。这时候，突然觉得，每个早晨，能在麻雀的叫声中醒来，是一件多么幸福的事情。

萤耀村庄

洋火机，夜夜来，到新化城里捉猪来。

什么猪？黑猪。

什么黑？墨黑。

什么墨？针墨。

什么针？鞋底针。

什么鞋？草鞋。

什么草？枯草。

什么哭？对面妹子伢子哭。

在从前的夏夜里，在我年少的时光里，这首古老的歌谣如水一样漫过乡间，也如庄稼一样种满乡间，一茬接一茬，口口相传，代代相续。

很小的时候，我总是搞不明白萤火虫为什么叫洋火机？这么诗意的名字从何而来？洋火，是我那片乡土对火柴的称谓。一切外来物命名都在前加前缀“洋”，类似的还有洋盆、洋酒等。

机，是飞机，在从前的乡下没几人见过真正的飞机。只有夜空上偶尔路过的飞机，距离遥远，就如萤火一样细微。萤火虫，是带着洋火的飞机。这是世界上最小的飞机，也是最亲近乡野的飞机。它们和乡村相依相伴，年年夏天在村庄这座偌大的机场上起起落落，点着洋火的飞翔，丰富了单调乏味的夏夜，照亮孩童纯真无瑕的梦境。

在那个时候的乡村夏夜里，萤火虫总是密布在我们身前身后的夜色里。我和我那些伙伴们拿着透明的玻璃瓶，捕捉那些最亮的萤火虫。萤火虫身长三分许，雄的体黄头黑，有复眼，翅鞘柔软，点绒密布。雌的无翅，好似蛆，尾端都有发光器。那些最亮的萤火虫特别喜欢伏在菜叶上，比如屋前房后的丝瓜架，丝瓜垂挂，大片大片的瓜叶青翠，那里的萤火虫格外多。伸出手，轻轻地把虫儿握着，起初也能感觉那些小小的虫儿在手握的空间里扑腾，一会就变得安静。于是，我们把它放进瓶子里。很快，瓶子里装了很多亮晶晶的萤火虫，一个个你不让我我不让你、你不服我我不服你地发出美丽的光芒。

我们在夏夜纳凉听大人闲谈的时候，知道了囊萤夜读的故事：车胤恭勤不倦，博学多通，家贫不常得油，夏月则练囊盛数十萤火以照书，以夜继日焉。年少的我们，顽皮之余，也仿效车胤，捉了很多很多的萤火虫，可还是无法夜读。年少的我们不质疑古人，我们想，也许古时候的萤火虫远比现在的要亮得多吧。

没法囊萤夜读，我们也有我们独特的浪漫方式。每每我们捉到很多萤火虫，临睡前，我们坐在蓝印花布做的蚊帐里，打开瓶子，让萤火虫一只只飞出来，在蚊帐封闭的空间里飞舞。萤火虫时而飞过来飞过去，时而静静伏在蚊帐上，一闪一闪的光芒，划破乡村的夜。在萤火虫美丽光芒里，我们睡得安详，睡得香甜。多年以后，看到隋炀帝“集萤放赏”一则逸事，想起自己儿时的趣事，也算是“集萤夜眠”。曾经多么奢侈的夜眠，有萤火点灯，照耀深邃的睡眠，远胜现在城市里霓虹闪烁的失眠。

在村里，有人酷爱萤火虫，爱到如痴如醉。那个人是村里恢复高考后的第一批高中生，复读几年，还是没能跃出农门。他当代课老师，正好教我的数学。多年的复读，对农事的生疏，使得他总是和村里人有着深深的隔阂。特立独行、奇思怪想，成为村里人对他的评价。其中，就有关于他和萤火虫的故事在乡土上流传。那一年，不知为什么，不计其数的萤火虫突然变得稀少，他焦急不安，对村里人说，我们用农药化肥扼杀萤火虫，我们在给自己挖掘坟墓。村里人对此不置一词，总是不屑多听，更不屑和他探讨。他变得焦躁不已，甚至有些神经质。村里人也不当一回事，淡淡一笑。他站在蒙蒙的夜色里，看不到往年那么多的萤火，伤感不已，继而号啕大哭。哭完，他矢志要找到那些亮晶晶的可爱精灵。

他在村庄的原野上四处行走，对于稀稀落落的萤火，他如发怒的小兽，嘴出恶语。最后，他如愿以偿地找到了让他满意的萤火虫群落。在那里，他和它们一起翩翩起舞。那一刻，他宛如置身在遥远的天空，他就是那颗最大最明亮的星，而萤火都是陪伴他的小星子。天明之后，有乡亲在坟山发现，他睡倒在一处空草坪上，脸带微笑。他的疯言狂行让村里人害怕，很快代课教师也做不下去。他只好赴南方打工。他叫孙泽远。我差不多记不起他的容颜了，但名字永不会忘记。

在我居住乡下的岁月里，我和萤火虫也有过一次最美的相遇。那晚，我和父亲一起去村里的小乐水库扳鱼。水库三面环山，蜿蜒曲折。选一处水湾，父亲把鱼层缓缓地放进水里，不发出任何声响。清水扳鱼，一点动静就会吓走鱼儿，空手而归。我坐在父亲身边，安静得大气不敢出。水面在月色之下闪着点点白光，远处有鱼儿跃出水面落下轻微的回声。群山肃穆，偶尔一声鸟叫，如涟漪一样扩散在山林里。父亲慢慢地扳起网层，当露出水面的时候，迅疾加大力度，迅速抬起，这个时候是见功夫的时刻，起慢了鱼一跃就跃出网层。尽管父亲的技术很好，但是那夜扳起的都是一些小鲫鱼，还有一些叫不出名字的杂鱼。我们不甘心，依旧守候着，大有不满载不归的劲头。

时光在起起落落的鱼层里溜过，睡眠都出来了，我的眼皮子开始打架。我架不住睡眠的召唤，睡一会醒一会，醒一会睡一会。月色淡远了，突然我被对岸的光亮惊醒，只见对面的草坡上头落满了洋火机，成千上万，集结在那块地盘上。它们成群结队，时而左右平滑，时而上下升降，飞翔的身姿曼妙迷眼。我恍惚看见一群自天而降的小仙女，挥动着白色的长袖，当空舞长练。而那片草坡因为这群美丽的精灵，变得熠熠生辉，好像是一座神圣的宫殿。

我从来没见过如此众多如此密集如此灵动的小生命，那一刻我似乎被神性的光芒点亮，身心通透，全身也散发出点点的光亮来。置身其间，翩然起舞，何似在人间。不久，哗啦一声，父亲惊喜地叫起来，我看见一条大草鱼在网层里乱窜。我以为是眼花，网层上的水打在我脸上，清凉一片。提着鱼篓，我和父亲满心欢喜地回家。我情不自禁地哼唱：小小的洋火机呀，飞在夜色中呀，挑起小灯笼哟，照亮路儿赶回家。

“夕殿萤飞思悄然，孤灯挑尽未成眠。”我后来发愤攻读，鱼跃龙门。在他人的城市里奔走，无闲、无心、无意，和萤火虫相遇的概率为零。那些可爱的小精灵，在乡下的化肥污染、水污染、光污染里，也变得日渐稀少，和越来越少回来的燕子一样，不再和谐地点缀乡村的天空和田野。

青岛耗巨资引进万只萤火虫，供城里人观赏，仅三天就死一半。而在新西兰北岛一个小城，成千上万的萤火虫在岩洞内熠熠生辉，灿若繁星，有人把这种自然奇观称为世界第九大奇迹。何处寻觅乡下的洋火机？当年的孙泽远如今下落不明，他至今可否还记得他曾经惊世骇俗的举动？面对城里长大的孩子，该领着他去哪里看我念念不忘的洋火机？总不至于去新西兰吧？

金色河流

1985 年的一个正午，阳光格外灿烂，我一个人偷偷地溜出教室。当学校在背后逐渐缩成一个小点，我才发现自己多么的懵懂，居然想不起为什么要逃学。鬼使神差，我信步走向田野。小小的我说不出对身边那种黄色花的热爱，看那热烈的金黄一浪又一浪，铺天盖地向我迎面扑来，光灿灿的亮黄由缜密的花瓣延伸到细致的蕊心，以及鲜嫩的垂丝如烈焰般一片片、一层层密布成一条金色的河流……我有说不出的愉悦，感觉有一股醉人的温暖的力量从花瓣上袭来，它穿透我的脉络筋骨，顺着血脉往上延伸，最后弥漫我的脸颊，通体舒泰，如饮祖父亲手酿制的水酒。

行走在金色的河流里，我越走越觉得有点晕眩。这种晕眩来得那么强烈，比一场突如其来的重感冒都要急促。很多次，我都不得不停下来，把双手按在膝盖上，弯腰喘气。有时候我寻找一块田埂上的青石坐下来，深深地凝眸身边的曼妙女子，看她们纤细的腰身在春风里。舞动的波浪上跳跃着阳光，金色和金色的律动，汇成天地之间一曲无与伦比的天籁，尽管是那么的细微，还是被我这个天生有些忧郁的小孩聆听到了。我被巨大的幸福和满足击中，不能动弹，生怕错过每一个细妙的音符。醉了的还远不只我一个，还有成千上万的蜜蜂，它们一个个俯首帖耳在花蕊上，吮吸甜蜜，那么的痴迷，只要我一伸手，就能把它们抓在手心。我不是那么狠心和调皮的孩子，我把它们当作成我的好朋友，它们陪我一起在这金色河流里打发美好的春日时光。

我不知道自己走了多远，也不知道时间在怎么流淌。我的眼里是一片刺目的金黄，全然没顾及头顶的天空正在从亮变暗。我从来不认为一条金色的河流，就是一个巧妙的迷魂阵，能让人心魂出窍。在我不断行进的过程里，我遭遇过成千上万的美丽蝴蝶，它们吸引我清澈的目光。我不想伤害它们，可我还是想把它们捉在手上，细细抚摸一下它们那漂亮的羽翼。在追逐的过程中，我不小心伤害到了身边的“女子”。我甚至听到了她们吱呀的惊叫声。我毕竟太小了，还不知怜香惜玉为何物。我发现我的穿越，制造了一条条的小河。我才明白一条金色的大河被我划出了一道道小痕，似乎是一条金色鲤鱼上扯下的一片片鱼鳞。我有些懊悔自己的举动，可一条金色大河流是如此的宽容，她在春风的帮助下，迅疾地修复自己的伤口，一会儿过后，浑然一体，毫发无伤。

在我不知归路的过程中，我还遭遇过一条浑身纯黄的大狗。它许是奔跑太久，太兴奋了，气喘吁吁地吞吐着长长的舌头。见到我，它恶狠狠地盯着我，一副随时要扑上来的模样。那一刻，我心里发毛了。每年春天，村子里总是有几条狗会疯掉，据说，就是因为油菜花开惹的祸。我也听大人说过某某村疯狗咬到孩子，孩子得狂犬病死亡，死的时候还像狗一样狂叫，把一身衣物撕得稀烂。

那一刻，我有些不寒而栗，可我没跑，我知道跑是跑不过一条狗的。听天由命，倒在我最喜欢的金色河流里，也是一种光荣吧。我在害怕过后，竟然无所畏惧。大概和大黄狗对峙了一刻钟，大黄狗不发一声地从我身边走过，走到前头不远处，还回头看了我一眼。虚惊一场，我的心复归原处，不禁傻傻地想：这条大黄狗也是喜欢这金色河流吧，只是不知我是敌是友。

我觉得走累了，不经意想起曾经有一个熟悉的女人死在这片漫无边际的油菜地里。那个女人在一个春阳灿烂的日子里，在油菜地里一路狂奔，呼天抢地的，跑啊跑啊，直到疲劳下来，倒在地上再也爬不起来。想到这，我心里发怵。风吹动油菜花，发出些微的声响，让我觉得就是那个女人的哀鸣。我慌不择路，只晓得一直朝前走。很快，我发现自己不知不觉走回了原点。我突然意识到自己遇到村里人说的鬼打墙了，可这是在油菜地里头，不是在山里。我不信这个邪，拖着疲惫的身躯继续走。走啊走，我一点也没觉得夜晚已经到来，眼里仍然是一片金灿灿。我甚至在想，学校是不是放学了，怎么没有上课的钟声？转而我否定自己，暗自寻思，我都走这么远了，当然听不到钟声了。

再一次回到原点的时候，我开始有些绝望了，我的哭声断断续续地飘出油菜花地，在油菜花摇曳的上空飘忽。一个孩子的哭声在一条金色的河流里犹如一滴水，比一声蛙鸣还微弱。眼睛有些发胀，到处金光闪闪的。我明白自己一直走下去，肯定会累死，可我不敢停下来。这片金色的水域，多么的深奥，不知道藏有多少蛇啊鬼啊怪的。尤其是那个女人的笑容还那么清晰，仿佛就一直浮在我和油菜花的头顶那个高度，不急不缓地追逐着我。双眼猛地发黑，身子一斜，我倒在油菜地里，不省人事。

当我醒来，发现自己躺在自家的木床上，母亲的脸上泪痕犹在，父亲坐在一旁不发一语。母亲怜惜无比地说：崽啊，你怎么跑油菜地里去了？让我们一通好找啊！祖母拉我起来，叫我坐在土灶边，朝灶里填稻草，边烧稻草边嘴里念念有词：妖魔鬼怪去远点，祖宗先人多保佑。我坐着一动也不动，我知道祖母是在为我驱邪。在我们村庄里，稻草燃烧起来的火焰能让一切不干净的东西远走高飞。再后来，不知道是谁提及我可能被那个死在油菜地里的女人附身了。一听这话，母亲大惊失色，硬是叫来巫师来家里打教，还给我喝了一碗什么神水。还好，后来的我一直安然无恙，母亲才放下心来，还不时对村里人说：那个女人心善呢，那次以后再也没找我的崽。

为什么会在油菜地里迷路，我很明白，我只是贪玩，过于喜欢那片金色的水域，一直在里面游啊游的，忘记了时间，忘记了回家的路。

血色馈赠的苦夏

“怎么得了，老白两天莫吃一口潲了。”

“明天还不呷，就去找唐兽医来看看。”

隔壁房间里母亲和父亲深更半夜睡不着，忧心忡忡在对话。我被尿胀醒，拉开房门，迷迷糊糊地听着他们的说话声。因为害怕，我站在门槛上朝外撒尿。尿水一阵哗哗响，尿水一阵白花花。我拉上短裤子，神志清醒了很多，朝远方望了一眼，稻田里的稻禾正在抓紧灌浆结籽。更远的是天空，天空上挂着几颗疲惫的星子。我转过身来，突然听见后背山上的黑鸦发出一句嘹亮的叫声，刺破幽深的夜色。我不禁浑身打了个寒战，一股强烈的不祥之感涌上心头。

老白是家里的那头大白猪，老白是家里的宝。我和弟弟的学费要靠它，一年到头要吃的油要靠它，春耕生产的农资化肥要靠它，人情往来的费用要靠它。老白是一头幸福的猪，至少我和弟弟是这样认为的。家里的田少，尽管种双季稻却还是不够吃，可哪怕再没有米，每夜给老白煮猪潲，母亲都会很大方地倒进去半筒米。弟弟每次看到都要努起嘴巴，觉得母亲对老白比对他还好。去年春节前夕，爆米花的师傅进村，家家户户的孩子去爆米花，弟弟捧一升米去，在路上生生被母亲夺走，全然不顾弟弟号啕大哭。弟弟特别恨老白，每次要他去扯猪草都要骂骂咧咧，有时候看到老白吃得巴头巴脑，两只耳朵欢快地扑闪扑闪，他都要拿起搅食棍用力地戳它，它退后躲闪，一会又把头栽进食盆里。有吃不记得痛，弟弟奈何不得，知道戳狠了打重了，他自己也会挨打。所以，他总是适可而止，基本上以调戏为主。

老白就是一个大饭桶，每天母亲要煮一大锅猪潲，一日三餐一顿也不落下。为了老白这个饕餮之物，春天里我和弟弟放学后，还要趁夕阳没落到对面的山旮旯里，钻进油菜地里或空地里去扯猪婆藤、水芹菜、荠菜、百合蒿子。有时候，童心一起，追蜂逐蝶，一个田垄接一个田垄地跳下去，玩得忘记了扯猪草，天一黑，急得像一泡尿水里的蚂蚁。怕回家挨打，我和弟弟只好溜进山脚下别个的菜园里，不管不顾地又挠又扯，蓬松地填满篮子，沾一身泥巴水回家去。看起来很多，放进大锅里，一烧开少得可怜。母亲狠狠地瞪了我们俩几眼，我们俩坐在火塘边的长凳上大气都不敢出，生怕那根搅食棍落到了身上。母亲提起木桶去喂老白，我和弟弟赶紧溜到房间里睡觉。

被我们一家人视为宝的老白喂养一年多了，骨骼奇大，膘肥体壮。在阳光晴好的天气里，父亲将它放出来，让它在屋前房后溜达，用祖母的话来说，就是走动走动筋骨，才会长得更好。过路的老老少少都被老白吸引了目光，老白浑身雪白，站在屋檐边的路上，神采奕奕，颇有几分狮子之风，只是可惜头上的鬃毛还是不够长。不过，在左邻右舍的眼里，他们不会把老白往狮子想，他们看到老白好像看到了一坨铮铮作响的钞票。隔壁的陈求华每次看到老白，总是当面对父亲说："你家喂养了一个钱坨子！"父亲不回话，爽朗地打哈哈，递过去一根纸烟。两人对火之后，都把目光聚焦在老白身上，直到一根烟全部燃尽，才各自去干各自的活计。

蝉鸣在屋前的苦楝树上喧嚣，比雨滴还密集。老白开始拉稀，我们全家人都没在意，拉了好几天，拉得院落里到处都是黏稠的猪粪。几天后，老白不肯吃食，母亲给它喂了几粒土霉素，还是不管用。父母亲顿觉大事不好，半夜也睡不着，决定去叫乡畜牧站的唐兽医来给老白看看。特别是我在半夜尿尿，听到山脊上黑鸦的尖锐叫声，不敢和父母亲提起，这个不吉祥的迹象只好留在心里独自消化。父亲骑着单车回来了，跟随进院门的是斜挎着药箱的唐兽医。唐兽医用手撑开老白的眼睛，仔细看了一番，又在它身上抓了好一会，老白身上立马显现出红色的印子。唐兽医要父亲打来一盆清水，并用刮痧板刮老白，刮了很久，老白一身绯红，但还是不怎么动弹，只是偶尔哼一声。最后，唐兽医给老白打了两针，满腹信心地对父亲说："不要担心，明天就会吃食了！"父亲点点头，递过去一根香烟。母亲则在一边冲着唐兽医说："搭帮你，搭帮你！"唐兽医骑上单车走远，我们一家人放下心来。

第二天，老白貌似精神了一点，母亲准备好了一小桶米粥，老白吃了几口，让母亲喜上眉梢，可老白又不吃了，母亲的心一下又跳到了嗓子眼。父亲得知这一情况，推出单车又去找唐兽医，早上去的，黄昏时候父亲和唐兽医才进门。唐兽医神色不安地说："看样子是猪瘟，我一天到晚不知跑了多少个村。"母亲一听猪瘟，脸色一下变得惨白，心里直呼菩萨保佑。唐兽医一脸倦色地从猪栏里出来，无奈地摇了摇头，父亲都没来得及递根烟，他就推着单车出门了。父亲一屁股坐在青石门槛上吧唧吧唧地狠抽闷烟，很快烟雾包裹了他。母亲目光呆滞，站在屋檐下。这个时候，夕阳衔在山垭，最后的光亮弱弱地覆盖村子。

老白还是不见好，父母只得面对现实，但是没有效仿别人将猪便宜卖给孙传卿。舅舅扛着一套杀猪的法器来了，父亲和舅舅将老白拖到院落里。早晨的曙光中，老白毛色枯燥，舅舅熟练地将尖刀捅了进去，慢慢地猪血流了一地，足有团箕那么宽。看到一地的猪血，我满心的悲怆，一年多的辛劳如肥皂泡一样破灭在晨光里。

那年的秋天和冬天，父亲去了贵州做石匠活。年关回家过年，满屋子的欢喜，父亲那一年挣的工钱比以前任何一年都多。母亲慷慨地给我一元钱，强调说给我买连环画。我知道母亲在兑现她的诺言，但我舍不得花出去。钱一开始夹在书本里，后来随手塞到了房间的墙缝里。再后来，老屋拆了，修建了一栋红砖房子。那时，我在县城读高中，不知那一元钱下落何方？但我很清晰地知道，那年苦夏不是一阵风，没有来了就走了，它给我当时脆弱的心灵留下了很多，关于梦想，关于坚强，那都是永恒的血色馈赠。

在村庄的夜里游荡

不知为什么和父母吵架，我一气之下摔门而出，一头闯进无边无际的夜色里。夜色无声无息地吞噬我，老屋的那一星灯火在我的背后，逐渐变成萤火虫般的微光。我毫无目的地游荡在闭上眼睛也不会走错的田埂上，脚步悠闲，但还是惊到草丛里隐居的不知名的小虫和青蛙，青蛙扑通入水，还有萤火虫忽左忽右地尾随我。怨怼在胸腔里郁结，年少的心总缠绕几许叛逆和自以为是。夜风翻过一丘一丘的早稻田，和我相握相拥，悄无声息地抚平我沸腾的思绪。在偌大的田野之上，没有什么能够长久地不安和闹腾。很快，蛙鸣渐渐退潮，萤火渐渐变暗。我离老屋越来越远，离温暖越来越远。身体有点微寒，我搓了搓手，搓起一点暖意，搓碎一手的夜色。

不知道走了多远多久，心头的怨气也在游荡里消失殆尽，开始有点懊悔一时的意气用事。可一点也没想过往回走，于是继续向前。这个时候，我已经走过田野，抵达了山坡之下。山坡之上，是另外一座村庄，居住着我们无数的先人。换作平时，我断然不敢在夜晚接近这个地方。

尽管心头有点发毛，但我还是没打算转向和停止前行的脚步。偶尔一声奇异的鸟鸣从坡上传来，令人不寒而栗。循声望去，除了无边的夜色，还是夜色。除了偶尔害怕的声音，坡上总有那么一点火光在我孤独的眼睛里闪现。那火光一会在坡左，一会在坡右。传说中的鬼火，并没吓跑我。因为我相信一个孩子是不会被他们伤害的，他们都是这个村庄里朴实的村民，生前是，死后依然是。何况，从血缘来说，他们都是我的亲人。没有那么畏惧，我还哼起歌来。不清亮的歌喉，在寂静的夜里，被夜色拉得很远很远。歌声覆盖我身前身后的地域，建立起我勇敢的内心王朝。

走得久了走得远了，仍然没有一丝的睡意和疲惫，但有些饥肠辘辘。山坡之下，是村庄的大片菜园。我侧身进入一处菜地，好像是隔壁孙二毛家的，伸手摘下一根长长的黄瓜，用衣裳使劲擦了擦，放进嘴里，狼吞虎咽。清凉的黄瓜入肚，精神为之一振。我全然忘记了先前出走的不快，静静地坐在菜园子里，仰望天穹。月上中天，月华如水，星星寂寥。银河还是那么清晰，它真的无情地阻隔了牛郎和织女吗？喜鹊在哪里呢？此时，它们也都进入梦乡了吧？而我这个出走者，精神焕发，在深邃的夜里，仰望星空，宛若失群的一只孤鸟。浓郁的伤感还是不可抑制地袭上心头，为自己的形只影单，为自己的茕茕孑立。想起家的温暖，想起家的安宁，一行清泪挂两腮。

继续走，无目的地走，在越过池塘的时候，我看见一只未归的鸭子在瓜棚下静止如石，难道它不想念它那些一起嬉戏的伙伴吗？我听见一些不安分的鱼不时越出水面，落下时发出泼刺泼刺声。我闻到稻花一层胜过一层的馨香，那么清新和浓郁。一路上，我也遭遇过一条菜花蛇，蛇并不大，不知道它是不是出走者，它比我更惊慌失措，一头钻进稻田，疾驰而去。夜越发静谧了，还有谁能和我一起打发这似乎无边的时光？我感到有几分失落，只有我是这个村庄的不眠者，只有我还贴在大地的心脏上，谛听最后的声响。我是乡村今夜唯一的知己，为大地上熟睡的植物和生灵守夜。

转着转着，我又回到了家门前。父母亲显然已经入梦，我不想就这么敲门回去，小小的自尊心在夜色里无边无际地放大。我徘徊了一阵，又毅然离开。在经过孙传宣堂舅的鹅梨树时，我猴子一样爬了上去，坐在树枝上，选了几个硕大的鹅梨，吃得满口生津。其间，我也被惊吓了几回，堂舅舅家的那条老得掉毛了的大黄狗，突然朝我这边狂吠。我还以为我被它发现了，正想跳下去逃跑，可它又没叫了。老黄狗也许发现了前方的绰影觉得有些异常，出于警惕叫了几声，但难以确定有贼，就没有上前来。毕竟，夜已经这么深了。

吃了梨，并没有给我更多的体力，没有了继续游走的心思，睡意开始占据我的眼帘。去哪里呢？村庄这么大，还是只有家能容纳得下我，于是越发怀想家的好。可我打断自己回家的心思，走向村子里的仓库房。仓库房已经破落不堪，里面有稻草垛，白天我们游戏时候，在里面钻来钻去的。我爬进草垛，四肢舒展开来，一下被深深的睡眠携进梦乡。醒来，已经是第二天的正午。我一骨碌爬出来，来不及拍掉身上的草屑，赶回家去。进门的那一刻，我看见父亲的嘴嚅动了一下，但没说什么。母亲赶紧给我盛上一碗饭，眼角红红的。平时脾气暴躁但此刻不说话的父亲和眼角发红的母亲，昨夜肯定在担心自己的孩子，只是乡村之爱从来就是不言不语的。大象无形，大爱无声，小小的我当时不知道这些词语，但这些词语比我的年纪更早地莅临我的心境。

当我栖身脚下的这座小城，在一些情绪无法遣散的夜晚里游荡，处处是同样的喧嚣和单调的灯红酒绿，找不到一处安静的角落，我开始顿悟乡村之夜的丰富和博大。何时还能在村庄的夜里游荡呢？村庄亘古如旧，只是当年的心境已经凋零。很多的事物，如落叶离开了枝头，再也无法回到最初的地方。对于村庄千百年来郁结的夜晚，我就是那片悠然而落的落叶了，泊在异乡，在每一个无法成眠的夜晚，面向村庄，悲戚失语。

第三辑　离乡背井的树

离乡背井的树

城市是这个世界上最为庞大的巨兽，无情地吞噬着周边的土地，把拥挤的人群和车流分布在原本是田野和山地的郊区。城市的生长，在摧毁一切绿色植物的同时，又想方设法地栽培一些绿色。很多的树本来生活在纯朴的乡下，在根须深入的土地上葳蕤，自由舒畅，尽情地把蓝天仰望，和清风嬉戏。可在某个不堪回首的春天，那个春意尚未完全醒来的时刻，被熟稔的乡亲连根刨起，然后被装上大卡车，一路颠簸着进了城。

站立在西湖广场，很多的树彼此陌生地相互打量，却说不出什么。枝丫所剩无几，如一只只拔光毛的鸡，被人扔在铺满五彩瓷板的广场上。谁会注意到它们的落寞？谁又会关注它们的心灵？进城的荣誉，对树们来说是巨大的讽刺。板结的土地上如何安放它们乡村一样无瑕的灵魂？向上是遥不可及的灰暗天空，向下是缺乏雨水浸润的黄沙地，无法自如地延伸根须。树们无精打采，一个个垂头丧气地打发时光，舒展不开几片新叶，更不要说伸枝展丫了。

树们的抵抗都是自发的，你看见过一棵迁移的树顿时生长得有滋有味的吗？面黄肌瘦的，严重的水土不服，在它们的身上一览无余。飞扬的尘埃呛得它们透不过气来，可谁也听不见它们泣血的咳嗽。那些咳嗽在城市的深夜里被灯红酒绿的喧嚣压制，不得不低进尘埃里面，然后被一场突如其来的大雨带走。所有走过它们身边的人们，从不怜悯它们离乡背井的苦楚，只是把不解的目光刺向它们，尔后自言自语：这些树真是窝囊，一年都没长出几片新叶。

不是无法抵抗，只是树们过于善良，它们不想亏欠那些精心的呵护。受人滴水之恩，当以涌泉相报，树们同样有着乡村的高贵品质。在浑浊的空气里，它们慢慢地敞开博大的胸怀，吸纳污秽废气，生产清新氧气，一点一点地净化头顶的天空。一棵树净化一点空间，无数棵树净化一片天空。树们不去想自己能做多少，它们身上承袭了古代儒学之道：达则兼济天下，穷则独善其身。偌大的城市里，一棵树能做的有限，可能做到的，它们一点也不推卸。它们开始把自己最葱茏的年华奉献给永远是异乡的城市，哪怕提前老去。

树们也会在阳光漫步的中午想念亲爱的村庄或者一个平凡的山头，也会在某个深夜失眠独对满天的星星凋落陈旧的心事，甚至在一场大雨里泪流满面，伤痛的灵魂沉默如广场上那块也是来自乡村的巨石。可它们总在天边曙光初露的时候，抹掉内心的凄苦，把时间的阴影一点一点地驱赶，把最迷人的姿态摇曳在逐渐明亮的晨光里。所有的树都是美丽的。一株树，无论怎样伸展，怎样旁逸斜出，它没有一根枝条长错方向，没有一根枝条多余。一个枝头有一个梦想，每一个枝头的伸展，都是生命能够尽力到达的地方。尽力，是每一棵树的朴实处世哲学。于是，风里雨里，它们都无畏无惧。你看，大风大雨到来的时候，满城的人们在疯跑，唯有树们岿然不动，它们俨然是穿越时空隧道降临的斯巴达勇士。

不卑不亢，一棵树时常保持快乐的姿态，这并非因为它得到的很多，而是要求的很少。无风的时候，它贤淑文静，不吵不闹，静若处子。有微风的时候，树叶飒飒，奏起温和的催眠曲。只在雷雨交加、狂风大作时，才演奏不屈服命运的交响乐，从不张扬。一棵树很少被人记起，记得它们的是一些路过城市的鸟儿。喜鹊、乌鸦、斑鸠、鹁鸪等驻足身上，树在那一刻恍惚回到鸟语花香的乡村。它开始在鸟鸣中捡拾起很多被岁月尘封的记忆。铭记很难，忘却也并不容易。树们发现自己身在都市站岗，心在荒村听雨。当然，记得树的不只是鸟儿，还有蚂蚁。它们在树的身躯上往返，来来回回，生存、繁衍，一棵树就是它们快乐的家园。

不以物喜，不以己悲。不自傲自大，不自艾自怜，更不自暴自弃，树总是生机盎然，向城市展示生机和活力。树一生都不伤害谁，可城市带给它的伤害却是那么多，被汽车撞伤，被小孩砍伤，被尾气熏伤，这些还不足为道，树最大的伤害莫过于行人飞扬而至的唾沫。其实树也会在正午时分有点伤心，无力撑起遮阴的树冠，可这种情绪不会持续太久，在一场露水的安慰下，树会重新焕发神采。这多么像雍容大度、温文尔雅的圣人君子，可有谁能知晓树的心曲？

十九世纪英国作家普里斯特利说："生活在大城市的最大危险之一就是我们的邻居太多，人与人之间的情谊太不值钱；我们很容易对人产生厌倦；一棵孤零零的苍翠的树有时候胜过一千个公民同胞，使我们觉得更为亲切。"我把身边的每一棵离乡背井的树当作我亲爱的兄弟，我们的遭遇何其相似。我的一个诗人朋友在他的诗歌里写道：老屋前那两棵美丽的桂花树／都不见了，四百块钱／就被买断了郁郁葱葱的二十多年工龄／从此，在乡政府富贵的新院子里／享受起了朝九晚五的公务员待遇。其实，我就是村庄的一棵树，被父亲用一生的心血浇灌，尔后我用十几年的寒窗苦读，换取了一张城市的入场券，被移植到城市的一角。从此，异乡当故乡。

与树为邻，与树为友，是我在城里最大的愉悦。春天的脚步一近，我率先领略到春的颜色，闻到春的气息。夏天，浓密的叶子支撑一片荫凉，我喜欢独坐树下，感受从树上掉下来的风，沁凉的、清新的，恍如置身乡村。秋天，我觉得每一片落叶都是诗，引发我捕捉创作的灵感。冬天，光秃秃的枝丫不是死亡，不是荒凉，而是自在无声地告诉我如何面对生命不可避免的落寞，如何积蓄力量迎接新一轮春天的到来。

在城市的人海里，我认识的人很少，可我熟悉的树很多。也许，我叫不上它们的名字，可我每次经过，总要和它们对视几分钟，听它们摇曳婆娑的欢歌笑语，相濡以沫的情愫在心底里流淌。有时候，它们发出的激烈声响，不禁让我思念乡下的老父亲，他提前耗尽生命里诸多的养分，剧烈的咳嗽是夜半村庄里的不安躁动。这时，我赶紧拿起手机给父亲打电话，叫他按时吃药。我感谢我身边这些兄弟，是它们使我常保一颗感恩的心，使我从泥土里拔出双腿，卷起带泥的裤腿行走在干净的水泥路上，穿梭在熙熙攘攘的人群里，依旧保持着乡土的品质。

挂　青

沿着崎岖的小路，不断向上，黄毛岭右侧的山窝里，住着我整个家族的祖先。他们或倚石而眠，或抵树而息，高低不同，错落有致。队上分田土的时候，生产队做勾分给了我们这个小姓家族，从此成为我们袁家的坟山。早些年，为了多一口果腹不挨饿，这些土都种上了庄稼，并且寸土必种。我想先人们不会计较，相反是打心眼里支持的，毕竟他们挨过多少饿度过多少荒年。一年四季，坟茔总是被农作物包围，金灿灿的油菜花或麦子让山脊一片明媚，山窝拥翠怀金；黄澄澄的大豆或花生让土地沉甸甸的，山窝去轻拥重；密集的荞麦花开遍山岗，引无数鸟雀竞相飞来。

一年四季，祖先们是很少孤寂的。在山窝里，他们的血脉依旧流淌在每一寸田间地头。不说朝夕相伴，但风里雨里总少不了子孙们忙碌的身影。一声声锄地，一滴滴汗水，祖先们都能在地下清晰感应。比如，父亲劳作之后休憩，总是将锄头挖进土里，一屁股坐在锄头柄上，摸出一包旱烟，卷起“大喇叭”，吧吧嗒嗒地猛吸，烟雾在偌大的山色里平平淡淡。父亲一声不吭，时不时把目光安放在身边的坟茔上，亲人的音容笑貌从眼前的烟雾里浮现出来，勾发起父亲点点滴滴的回忆。简短的回忆过后，父亲起身劳作，弯下去的身体和身边的坟茔一般高低，父亲不感到孤单无助，恍如身边那个长眠的先人在帮忙。

在年少的记忆里，我们钻过密集的油菜地，沾一身芬芳来到先人们的坟前，有时候踏过绿幽幽的麦子，打湿了裤腿仍旧不知寒意。后来，父亲和二叔、满叔商议种植橘子树，不出几年，这里就变成了一片橘林。挂青的时候，我们要绕过一棵棵或大或小的橘子树。开始种植橘子树的时候，祖父还健在，很多树都是他亲手栽下去的。可惜，在经过短暂的红火之后，随着苹果大量涌进乡村，橘子价格低廉，父亲和二叔、满叔没得了劲头打理，橘林慢慢颓败下去，很快就只稀稀拉拉剩下一些，零零落落地伫立着，如一个个孤单的孩子。这个说法当然也不准确，它们身边还有我的先人们，不离不弃。没有精心伺候的橘树，个别还挺精神的，结出一树的惊喜，掩藏在青翠的枝叶里。当我们这些随大人来帮忙除草的细伢子发现时，就欢呼雀跃地摘下来，吃得一嘴的汁水，甜津津的。

每年清明时节，整个家族老老少少都去挂青。父亲和叔叔们一改过去的随意，脸上写满了肃穆和敬畏。平素在这山窝里进进出出是家常便饭，只有这一天，父亲率领我们毕恭毕敬地烧纸、焚香、点蜡烛、放鞭炮，我们这些细伢子也都收起嬉皮笑脸，在坟前鞠躬，然后将一片一片的青纸挂在插好的树枝上。挂满青纸的树枝如一面小旗，在春风里招展。一面出现了，很快另外一面也出现了，高处有，低处有，中间也有，每一面旗帜下都有我们的祖先。他们在这一天齐刷刷亮出自己的旗帜，向久违的天空致意，向绵延的血脉借风传情。这一天，我们能清晰感受到先人们在血脉里澎湃的回响，这种回响从很多年前破空而来，里面有一个家族的生命密码和生存尊严。

挂青是我们细伢子的事情，大人们都要扫墓。每年父亲和叔叔们用柴刀砍断坟前坟后以及长到坟上的樟叶树，削去腾空蔓延到坟上的荆棘，年年扫年年发。先祖婆婆的坟前长有一丛栗子树，每次父亲要用刀削的时候，总是仔细打量一番，和二叔、满叔一起讨论：看看，今年的树叶子发得这么长，今年春来早啊！春来早，勤耕作。在挂青的时候，在祭奠先人之际，顺带议论议论节气，按照节气去部署春耕春种。前不忘祖，后不忘种，这才有大地上的血脉绵延，薪火不断。

祭祀完毕，所有的青都挂完。下山的路上，有风从山上吹下来，径直打进我的内心。风吹清明，清则明，明则敏，敏则灵，灵则活。在清明这个慎终追远的节气里，懂得生之自然，明白死之必然，前承先人，后达来者。我在心里默默地祈祷：风吹得再大一点吧，天清地明，我们明年还会来到这里。

踩　泥

月亮从对面的青山升起来了，如镰刀在收割最高处的青草。慢慢地，一片月白洇染了山脊，再顺着山势溜了下来，滑进田垄里，再一寸一寸地漫过来，裹住我和我身边的小黄牛。

这时候，我已经牵着小黄牛在泥坑里踩踏了很久。脚下的黄土是一担一担从对面山脚下挑来的，黄灿灿的，沾水黏稠。偶尔一粒细小的小石头硌到我的脚，我会毫不犹豫地弯下腰身，将它从脚下刨出来，狠狠地扔到窑场旁边的坡坎下。

在泥坑里来来回回地转着踩，我和小黄牛的身影忽而叠合，忽而分开。开始踩下去的黄土都好似怕踩痛一般迅速地散开。一会后，黄土的身子里吸进水，鼓胀起来，被我和小黄牛踩成一团团，黏黏糊糊的。黄泥好似有一张张小嘴，紧紧地咬住我的双脚和小黄牛的四蹄，要费好大的劲才能提出脚，然后再踩下一脚。力气如丝，一缕缕从我年少的躯体里抽出去，很快剩下的就是疲惫。而小黄牛也累得不堪，气喘吁吁地出粗气。每次我转过来，看到它的双眼，立马感觉到它也满是劳累。

同病相怜，可没法停歇下来，好几次小黄牛伫立着不动，我挥起竹鞭子，在空中打出一声尖锐的声响，小黄牛惊吓得赶紧走起来。久而久之，它对竹鞭子的声响也习以为常，我只好不时狠心抽在它的背脊上。背脊上现出一条条白印子，好像是月光结成的绳子。

机械式的转动和踩踏，使我有些昏昏欲睡。父亲挑水从坡下上来，一声吆喝，我才惊觉过来，自己还在踩瓦泥。父亲的身影蠕动在白茫茫的月光里，肩上的扁担吱呀吱呀，响个不停。父亲更累，这些黄土都是他在我白天上学时候从对面山脚下不歇气挑来的，而这个时候还得从坡下一担一担地挑水上来。家里不是没有抽水机，可是那家伙要吃柴油，父亲为修建新房不想浪费一个镍币，能省的再苦再累也要省下来。

月光如练，晃在村子里。院落里有伙伴们做游戏的嬉笑声，偶尔随月色摇曳过来。我无限羡慕他们，可我无法参与他们，今夜我必须踩好瓦泥。脚酸腿痛，酸到极致，反而有些麻木，不觉得那么难受。越来越难受的是蚊子一波接一波的轮番轰炸，我的手臂上、小腿肚子上很快被攻击。从山里跑来的蚊子格外毒，每一个包都奇痒难受，恨不得全部抓掉才能止痒。我在蚊子的阵营里忽前忽后地拍打着，防不胜防。小黄牛也使劲地摆动尾巴驱蚊，好几次我猝不及防，牛尾巴卷起来打在了我的脸上，弄得我一脸的黄泥巴水，还有好几滴跳进嘴里，说不出道不明的涩味。

院落里孩子们的嬉笑声渐渐稀落了，月光也变得有些浑浊了，夜的黑缎子披过来。窑场山头那一端是坟地，坟地边上有好几棵庞大而青葱的松柏树。据说，松柏树上头栖息着先人们的魂灵，常常在月黑风高的时候召集起来开会。我眼看着月光一点一点地退去，黑夜一点一点地加深，恐惧一点一点地加厚。突然，松柏树上一阵清脆的叫声，几条黑影从树枝里穿梭出来，刺进周边的夜空里。我不禁打了一个激灵，背脊上的汗密集地冒了出来，很快被夜风吹凉，袭上寒意。

脚下的黄泥不粘脚了，踩上去只是一个个脚印坑，我明白黄泥已经踩“熟”，完全可以用来做瓦泥了。父亲明察秋毫，说了一声回家吧。我没有过多的欣喜，木讷地牵着小黄牛走出泥坑，走下坡，走进坡下绕村而过的小溪里。

洗干净脚，我和小黄牛一前一后地回家去。小黄牛背后是父亲。走过村里的菜园子，我顺手摘了一根黄瓜，小黄牛顺嘴揪了一口菜叶。那一刻，我发现除了我们弄出来的声响，我几乎都能听见每一棵草的呼吸，还有一座村庄香甜的酣梦。

而熟悉的犬吠，远得好像在天边。

做　瓦

一座村庄有各式各样的工匠，如篾匠、砖匠、石匠、木匠，这样的匠人很多，不足稀奇，但瓦匠却寥寥无几。我们村里只有一个叫李彦广的瓦匠，他除了农忙季节回家帮忙，其余时间基本上在周边甚至县外流转做瓦。在我们这些孩子眼里，他是个见多识广的人，自诩还会梅山武功。有一年春节，他还正儿八经地教我们这些细把戏练武，教了很多天，除了教我们站桩还是站桩，搞得我们索然无味，四下作鸟兽散去。

父亲请他做瓦，每天下午放学后，我饭碗一放就赶去帮点小忙。李师傅已经搭好了做瓦的台子，在地上立了根木桩，上头装了一个用铁丝穿销的未封闭的圆台形木桶，那圆木桶叫瓦筒，筒子上嵌一个长把子。瓦筒每一次可以做出四块均匀等大的瓦坯子。筒子外面套着能附上瓦泥的隔布，形象地叫它为瓦衣。此外，还有一把长七寸、宽五寸的瓦刀。

做瓦前，李师傅将父亲起出来的瓦泥码成一个二尺来高、三尺来长、五寸来宽的泥墙，从最上面开始用钢丝弓拉出一张泥皮，双手捧起泥皮均匀地围贴在瓦筒，然后用瓦刀沾水在泥皮上刮抹，使泥皮变薄变匀，再将泥皮的毛皮削去。接下来，李师傅将瓦筒提起，走到晒谷坪中间，抽出瓦筒，泥皮立在地上，阳光一晒干，便裂成四块瓦了。整个过程，李师傅一气呵成，行云流水，富有魔力。我每次都觉得李师傅抽出瓦筒，泥皮分裂成四瓣时，就如蝉蜕皮般神奇。

每次瓦坯干透了，我将它们搬到晒谷坪前边父亲垒砌的地脚上，地脚明显高出地面，是为了防水浸泡变烂。父亲小心翼翼地把瓦坯整成一垛一垛的瓦墙，每一墙之间留有足够的空间，便于阳光照射进来，让瓦坯子干得更透彻。一开始，我还能应付自如，欢快地跑来跑去，有时候还能腾出剩余时间，仔细瞧李师傅做瓦，渐渐地我失却了观看的兴趣，对来来回回跑着送瓦坯子也生腻。好几次，由于没耐心用力过猛，将本来四片的瓦分成了零碎的小块块。心里先是一阵泄愤的快意，继而是深深的惭愧。不敢再掉以轻心，每次都如获至宝一样捧在肚脐眼处，送到父亲码墙伸手可及的地方。

脚酸了，腰酸了，汗湿一身，不经意地擦脸，俨然一个没化妆的小丑演员，一块黄，一块黑，一块白。李师傅打趣我不要化妆就可以唱大戏，我调皮地回之以鬼脸。休憩间隙里，李师傅和父亲坐在凉棚下，抽那厚厚的旱烟，浓郁的烟雾升腾而起，而他们微眯着双眼，好像是腾云驾雾的逍遥神仙。他们就是暂时栖落人间的仙人。我呢，定定地望向远方，远方是起伏不断的山峦，那座最高的叫九龙山。山上有一个巨大的岩洞，大得能开进飞机，能驻扎一个团的人呢。

做瓦的日子里，母亲每天都要无数次地望天，并不断地在神龛前烧香，祈求祖先保佑好天气。好天气再多，偶尔也会夹杂那么几个坏的。九月天，雨还是说来就来，深更半夜的，我迷迷糊糊地被母亲扯起床，背上一大捆稻草，眼睛都还没全睁开。走在去往窑场的路上，一只电筒光微弱，根本看不太清，只好深一脚浅一脚、左一脚右一脚凭感觉向前赶。雨未大，风大起来，好几次我连人带草差点吹到田埂下去，惊出一身虚汗。

赶到窑场，我随同父母迅疾把原先预备在那的稻草横放在瓦墙上，然后压上长长的薄膜油纸，再盖上一层我们新带来的稻草，这样盖得严严实实的，防止瓦墙因雨水的淋湿倒塌。有好几次，我们手忙脚乱呼天抢地地全部盖好瓦墙，结果只是一阵过路雨，稀稀拉拉的几滴，不多久星子就浮现在天际，好像在看我一家子白忙乎的笑话。

瓦坯子干透了，快要进窑烧了，突如其来的一场大雨铺天盖地，那阵势不像是下，好像是一个巨人在天上用脸盆泼。好歹我们还是抢时间把全部的瓦墙盖好了，该死的山洪水如一条黄色的巨蟒一下缠满了坪，迅疾满满地涨起来。父亲赶紧用锄头挖开排水的口子，可还是来不及，瓦墙的脚泡在了水里，有两堵瓦墙还是悄无声息地倒了下去。那一刻，母亲发疯般地向前，好像是要去扶自己心爱的孩子。父亲一把拉住了母亲，母亲一屁股坐在地上。我难过地用衣袖揩了揩眼睛，只有父亲不吭一声，夜色里看不见他脸上的表情。

那夜回到家里，父亲一个人坐在堂屋里吸了很久的烟。

老电影院

去看望一个老地方，阳光很明媚，透过密集的高楼打在我的脸上。当我迅疾穿过县城繁华的金三角，站在新涟街 36 号，我怀疑自己来错了地方。哪里还有我曾经的熟稔？沿街而立的两栋大楼就像满脸傲慢的暴发户，把县人民电影院挤到了身后。电影院那么的无助，面容憔悴。我的心没来由地疼痛，努力搜寻一些不曾消逝的痕迹。长长的入口处，还有很多的小商贩在卖零食。当年那个卖零食的老大妈已经随着时光消失，随之消失的还有我买零食的美好心情。

穿过入口，来到电影院脚下。以前，觉得电影院高高在上，那般的高傲，比我小时候邻家的漂亮姐姐还神气十足。每次上去看电影，都要踏过二十余级青石台阶。而今，这些台阶也显得那么的微不足道。上去是一个小小的坪，正前方是张贴电影海报的橱窗，现在没有一张完整的，花花绿绿，都是留下的一些小碎片。左右两端是电影院的进门，门前分别有两排整齐的铁栏杆，看电影的人们必须一个接一个地排队进去，省却了诸多的拥挤。

电影院大门紧闭，紧闭一些幽深的寂寞和黑暗的无奈。我无法进去找那些年最喜欢的座位。那时候，我最喜欢坐在中间，感觉很惬意，前面有密匝匝的人，后面有密匝匝的人，左边和右边也是。那份自得和满足，似乎自己就是电影里受人簇拥的小王子。也许，这也是我喜欢电影的一个缘由，喜欢在电影院里，把自己置身世外桃源，虚幻心灵，放飞自己的思绪。

在那个电影风靡的辉煌时代里，我只是一个乡下的孩子，难得有机会来县人民电影院看上一回。可造化不弄人，我还是有幸进去看了几回。伯父在县印机厂工作，父亲带我进城，夜宿伯父家。堂哥堂姐便带我这个乡巴佬去开眼界，那份高兴远比吃到时尚糖果还强得多。当我坐在宽敞的电影院里，和电影情节一并跌宕起伏，年幼的心开始萌生进城的念头。不为什么，就为城里有高档电影院。多么质朴无华的愿望。就这个小小的愿望，我走了好久。1995 年，我进了城。背着耻辱的十字架进城。我在一座斜坡上安居下来，补习，鼓足所有的气力冲刺梦想的高地。

高考考完，我一个人去了电影院，全身心放松地看了一场名叫《秦俑》的电影。我恍惚自己就是那个穿越时空的秦俑，为了实现进城的梦想进行一场大战。人群散去，我迟迟不愿离开，我生怕就此失去再次进入电影院的机会。在生命的深处，我把电影院当成了圣地。我总感觉自己考得不好，得回乡下赶牛耕地或者南下打工，无颜再来面对故人。就此别过，我在走出电影院的时候，故作潇洒地大步离开。

那年，我终于如愿上了大学。在安顿一切之后，我就向老乡打听所在城市的电影院。和很多的地方一样，电影院也叫人民电影院。1996 年的秋天，我穿过一条古老的巷子，来到这座城市最繁华的街道。人民电影院一身苍凉地矗立在阳光下，我好想伸出手，抚摸它落寞的容颜。我做不到，只是阳光下我们的身影紧紧地拥抱在一起。没有长长的通道，也没有高高的台阶，这座电影院居然还没我县城的电影院雍容华贵，和周围的店铺平起平坐。

高兴或不高兴都来电影院坐坐，就好像和一个好朋友聊天，光我一个人倾诉，电影院是沉默的听者，从不发表意见。我也不需要它发表意见，我只是喜欢这样一种独特的生活方式。很多的夜晚，我一个人走出电影院，孤独地走在大街上，看路灯昏黄地拉长我的背影，看偶尔的车辆疾驰而过。我深深地领悟到，很多的路程和时光，必须一个人去走，别人无法介入。

毕业后，回到县城工作。我一时无法抽身去看望电影院，日常生活里充满了繁杂。走在大街上，时不时听到喇叭扩音声破空而来，看见两辆小型的两侧吊挂着广告牌的汽车从街上驶过。广告牌上美女搔首弄姿。原来是某歌舞团来电影院开演唱会。那些歌舞团均自称来自大都市，节目带有艺术黄色参半的争议性文艺色彩，而这正是它们的卖点。演出的大胆和宣传的新颖，使许多人好奇而至。大部分为男性，一半冲着艺术而去，一半冲着性感漂亮的美女。我心头不只一次地涌上悲哀：电影院已经堕落成容污纳垢的场地。那种一度和电影院同居一城的幸福感如烟消逝，占据心头的是不可摒弃的凄苦。

电影还有精彩的预告，人生没有。因为喜欢，我知道嘉宝说过她的心不习惯幸福，知道《魂断蓝桥》的歌声如泣如诉，知道《春光乍泄》里那一句不如我们从头来过的沉重，知道《半生缘》里我们都回不去了的遗憾，知道有些鸟儿永远关不住，知道只有在《大话西游》里才会有爱你一万年。走在电影里，我反复咀嚼的是别人的故事。而我和电影院是真实的情感经历，我不说是故事。正如无巧不成戏，当电影院承受不起时光的变迁，以无言的黯淡退出人们视觉的盛宴时，我以县改制领导小组成员的身份和它进行最后的接触。

面对电影院，我明白，这个世界很多记载时光记忆的东西随时都会藏匿。假如明天消失了，我不会哭泣，因为我热爱电影，我无悔地痴迷那些银幕上缤纷的故事，没有其他的奢望。突然想起《廊桥遗梦》里弗朗西斯卡的丈夫在临终时对她说："我知道你有梦想，很遗憾，我没能帮助你实现梦想。"泪水终于决堤而下，电影院，我终究不能为它挽留些什么，只得看着它一步一步藏匿到时光的背后和时光的深处。这样的藏匿，有过，就不肯再重来。就如一些经典的电影，重拍，也不可能再有当时涌聚心头的那些况味。

半坡之上

半坡之上，乡中学校舍简陋。整个校园只有三栋房子，第一栋是教室，第二栋是教师兼男生宿舍，第三栋是食堂兼女生宿舍。没有茂盛而硕大的树木，更没有红花绿草，只有零零落落的几棵水桐树行色疲惫。操场难得的开阔、大气，没有环形跑道，篮球架上的球篮破烂得只剩下几根细绳子，有一搭没一搭地吊在空中。整个乡中学没有围墙，左面凌空修砌了一堵青石堡坎，右面和一大片橘子林为邻，风从四面八方吹过来，又无遮无拦地吹过去。也时不时有走散的牛羊从背后的山上跑下来，它们的叫声不经意间刺破校园的安宁。

初为人师的热情使得我来不及多想自身的际遇，天蒙蒙亮，我就一骨碌爬起床，催促学生起床出早操，带着睡眼惺忪的他们从校门口跑出去，沿着半坡之下的石马江绕跑一圈折回来，然后上早自习。学生们早读的声音曙光一样明亮映照乡间，蝉翼一样轻薄覆盖半坡。那时我静静地站在走廊上，远眺逶迤的青山，凝眸曲折的河流，思念和梦想像阳光一样在秋后的大地铺展。想起欧阳江河《纸上的秋天》："种子无声，随意挥洒，星空像旷野一样有人走动。尽管秋色吹起了千里外的笛子，我还是能听到光的寂静或逝者。”很快，我体内的河流和秋天一样辽阔，和秋意一样高远。

班上的学生来自周边各个村子，最远的有将近二十里路，最近的就是中学毗邻的五星村、皂泥村和车田村。他们的父母大多在南方打工，都是爷爷奶奶外婆外公在家带着，基本管束不了，只晓得给钱买零食，生怕饿坏了他们。每到下课，各个教室里冲出不少的学生，直奔校园的小商店，狭小的商店里人声鼎沸，摩肩接踵，好比乡政府门口的赶集。上课铃声一响，又都一窝蜂涌向教室，扔下一地的垃圾，五花八门，偶尔有薄膜纸迎风而起，越飞越高，高过学校的屋顶。目睹这一切，我竟然觉得它远比我幸运，它能借风乘势腾空而起，自由飞翔，而我的风不知在哪个角落？没有风的日子里，我只能低眉顺眼地扎下来，埋头于案牍之间，精心备课、批改作业。

平日里，学生驱除我的孤单和寂寞。每到周末，孤寂就会及时从半坡各个角落里钻出来，把我密不透气地包裹。乡中学的老师大多是母亲说的一脚站在教室一脚踩在田地里的半边户，每个周末都急匆匆赶回家帮忙干农活。剩下我形只影单地在校园里晃荡，无所事事，从操场一头走到另一头，和那些落光叶子的水桐树惺惺相惜，相对无语。有时候在操场上转悠久了，独坐在山坡上看夕阳一点一点地从辉煌变得黯淡，最后被暮色覆盖，融入山的怀抱。走下来，我总是满腹的忧伤，更多的是对未来的惶恐，脑海里不断地浮现西蒙娜·德·波伏娃的《独白》：“在一回首间，才忽然发现，原来我一生的种种努力，不过只为了周遭的人对我满意而已。为了博得他人的称许与微笑，我战战兢兢地将自己套入所有的模式所有的桎梏。走到途中才忽然发现，我只剩下一副模糊的面目和一条不能回头的路。”年轻的心总是躁动着眺望远方，无尽的远方不知到底会有什么，但是总能给我无穷的慰藉。

阳光很好的时候，我溜出书声琅琅的校园，独自一人沿着学校周围一条又一条的乡间小路漫步。漫无目的走了很远，一路上看山间的林岚淡淡如烟，听村子里的鸡鸣狗吠。只想一直不停地走下去，一点也不想折回来。乡下的小路真是奇形怪状，斗折蛇行，一会匍匐在山脚下，一会蜿蜒至溪畔边，一会伸进村子里，一会浮出山坳间。横竖都是路，左右都是路。路路相连，路路相通。久而久之，我想：学校周边的乡间小路都认识我这个老朋友了。

走得次数多了，我有时候也会冒出一个奇怪的想法：这些路都是大地这棵树上的枝丫，叶叶相覆盖，枝枝相交通。而多少古往今来的人啊，走着走着，就消失在岁月的云烟里头了。极少有幸运的成功者走进地方志，更不要说中国史书了，更多的平凡者最后化成发黄族谱上的两三文字，寥寥数字顿成一生。也有行至路穷处，坐看云起时，我心彷徨不已，任凭孤独的身影被夕光拉长。我辈不复有嵇康清淡的风范和张扬的个性，当迷茫的泪水流过青春的面颊，我很清楚那更多的不是生命的悲伤，而是日渐吞噬人心的落寞。

偶尔也进城去，偶尔也买些廉价的礼物，去最多的还是书店。我在备课、教学、管班级之余，坚持读书和写作，只是自从和校长的那次谈话后，就做贼一般偷偷摸摸搞地下活动。半坡之上的夜色里，最后那双醒着的眼是我房里的白炽灯。灯下，我远离清寂半坡，神游八极，贯穿古今，养浩然之气，补思想之乏。“识得古今雅俗，涤荡心胸，而后可为诗。”情之所至，思之所及，挥洒文字，认真誊写，贴上邮票，从半坡飘出，抵达一座座繁华都市。开始陆陆续续收到稿费单，尽管不多，但也算是无上的荣光，一起分来走得近的几个老师嚷着要我请客。请客很简单，无外乎去乡政府前的屠桌上买点土猪肉，混和学生从家里为我们带来的辣椒青葱一块煮了，个个吃得满嘴油腻，其乐融融，似乎天下珍馐莫过如此。

哀愁有时，欣喜有时。“所有的人都曾美好地生活过，然后怀念，忧伤，美无边而没落。”“把你自己投入人生的旅程，自始至终都不要失去开放的胸怀和童稚的热情，然后，自然会心想事成。”费里尼这句话一直潜伏在我心里，执着而坚定地勉励我向前走，不管不顾，不屈不挠。半坡之上风云依旧，两年后我毅然决然选择了离开。临走之际，百感交集，我什么也说不上来。我把我所有的书籍都送给了校读书室，看着它们整齐地站立在书柜里，我知道此后所有的路途上，我都会铭记半坡时光里灵魂曾经有过怎样的誓死抗争和滴血砥砺。

复　读

从县城仅有的那条像模像样的街道十字路口拐进去，进入文教路，县教育局在里头，城关镇初中在里头，唯一的复读学校也在里头。逼仄的角落里还融汇了很多的居民，低矮的楼房拥挤、破败。不用走多久就到了最里头，最里头是一座不高但绵延横亘的小山，把大半个县城搂在怀里。左边有县委机关，右边有盛极一时的卷烟厂。复读学校很简陋，就一栋三层贴有瓷砖的教学楼，高耸在小山的腰围，鹤立鸡群。站在教学楼楼顶，整个小县城一览无余。据说县城唯一的全景图，就是某个摄影师在这楼顶选取角度拍摄的。那时，县城的五小工业还没彻底衰败，苟延残喘，工人依旧牛气哄哄。据说卷烟厂的女职工都不愿嫁给机关工作人员，瞧不起公务员那点细碎银子。

尽管县城不大，很少进城的我还是费了不少劲才找到这所远近闻名的复读学校。等排队办好手续进入教室，里面黑压压的一片，靠前面的位置已经被先来的人占去了，我只得选了个靠走廊的后排坐下。

复读学校没有宿舍，当时三个文科班和三个理科班近六百人散布在附近的民房里。我和班上六个同学住在一栋楼的二层，没有床，没有窗户玻璃，到处空荡荡的。我们就在预制板上铺一张张竹席打地铺，以每个人的箱子作为每张床的间隔。很快我们熟稔起来，都自觉认定为一条战壕里的苦难战友，惺惺相惜。按照年龄排定了大小，当中一个在这已经复读三年的矮胖家伙，我们尊称他为大师兄。我们的大师兄睡前一刻钟扯淡，总是忿忿不平地唾沫四飞，说某某成绩不如他却考上中国人大，某某比他还差考上了中国政法。对此，我们都笑脸相迎，谄媚地说师兄这次定是我们这一届的文科状元。师兄心花怒放，满是褶皱的脸里挤满了得意的春风。

高考是独木桥，千军万马奔腾。高考也是分水岭，以成败论英雄。好多的夜晚我总是睡不着，焦虑的心情，未知的命运，压抑的气氛，一股脑在我心头纠缠。听见师兄的梦呓，听见同寝人的鼾声，听见窗外呼啸的北风，听不见未来命运的美好召唤。

班上的同学来自全县各个中学，一开始谁都发狠攒劲，都还镌刻着高考失利的痛楚。可时间更是一把杀猪刀，不到半期，班上同学开始泾渭分明。一如既往发狠读书的人更加勤奋，在高考这条长跑跑道上始终保持奔跑的姿态，精神焕发，毫无倦容。而不少人逐渐丧失斗志，精神萎靡，每天迟来早退，一副死猪不怕开水烫的模样。我始终保持对未来的梦想，不松不紧，偶尔松懈，立马反省，想起要回到山村日出而作日落而息食不果腹就悲伤，想起父母亲殷切期待光耀门第的希望就战栗。反反复复，在努力和放弃之间展开一场持久的拉锯战。忐忑，不安，焦虑，烦躁，压抑，枯燥，起起伏伏，起起落落。

每次晚自习后走在回寝室的路上，看到两边人家的灯火，我心里没有一丝光亮和温暖。黑暗如火吞噬着我脆弱的心，天上的星子远远淡出我的视野。走夜路请放声歌唱，我是异乡的独行者。泪水盈在眼窝里，苦水藏在心窝里。苦不堪言，无处述说，苦在心底修筑起一座高楼大厦，坚不可摧。

每个人都明白睡眠是多么重要，但我们还是找到了一点点小小的乐趣。每晚睡觉前，我们都用耳机插上收音机听歌。那些音乐稀释我们郁积的苦闷心情，提升我们年轻的思想境界。睡前听收音机当时对我是一种莫大的奢侈，也是那时候最大的享受。记得当时听得最多的是周华健的歌，其中我特别钟爱的是《风雨无阻》："给你我的全部，你是我今生唯一的赌注。""提着昨日种种千辛万苦，向明天换一些美满和幸福。"每一次都击中我的心扉，让我无限感慨。复读就是我的赌注，可是能换来美满和幸福的明天吗？多么遥不可及，多么荆棘密布。心空灰沉，心思如磐石。很多时候觉得一生的黑夜都寄居在复读的这段光阴里了。不能懈怠，不容松弛，总是如闪电不时击在我的神经中枢上。于是，紧绷思想之弦，咬牙切齿，豁出命般誓死挺住。

复读学校的生活很差，照例早晨是水豆腐，中午是油爆豆腐或干子豆腐，夜晚无非是冬瓜南瓜或萝卜。唯一的改善是每周一次吃肉，这一天的中饭队伍最为壮观，人挤人，男女身份不顾，都争先恐后地朝食堂门口冲刺。单靠食堂那点营养，只能填饱肚子，根本供不上学习精力的需要。于是城里的学生喝牛奶，我们乡下的孩子吃鸡蛋。那都是真正的乡村土鸡蛋，我们总是在宿舍里烧一壶水，把鸡蛋打烂放些白砂糖搅拌均匀，然后用开水冲熟。一杯鸡蛋在手，个个喝得心旷神怡。小小的鸡蛋喂养了我们大大的梦想。乡下的鸡鸣之后是露水清新的黎明。我们的鸡鸣在何时？我们的梦想下落何方？

在高考前夕的端午节，我们这些乡下的孩子都会回家。端午时节总是雨纷纷，回家的路全是泥污。一身的雨水，一脚的泥巴，钻进乡下土砖青瓦的房屋，被温暖的乡情和亲情围裹。母亲把不多的肉片都夹给我吃，父亲和弟弟只吃辣椒。我默不作声地吃饭，然后无言以对地进房间休息。说什么，能说什么？父母的那些希冀如雨雾一般弥漫心头，雨水润泽之后的青山格外精神，燕子在屋前屋后的稻田里飞得勤快。

都是一群鸟，聚集在复读学校这棵大树上。又是一年九月，又有来自各地的学子踏上文教路走上复读。而我能离开，再苦再累的岁月只要走出来了，一切都成美好的记忆。那些压抑那些苦痛那些不安那些焦虑都变成了充实的历程。走过复读，心智成熟，经得住折腾扛得起痛苦。那年我们的大师兄还是名落孙山，最后选择自费读教育学院。

大学毕业后，我回到县委大院工作了好些年，仅仅一墙之隔，从没想过要去复读的学校看看，生怕那些时光撞伤我。听说复读学校早已停办，食堂已经倒塌，荒草遍布，如今只有野猫野狗在里面出没了。

二〇一二年的惊蛰

这个春天似乎比往年来得更沉郁一些，久雨不晴，灰蒙蒙灰茫茫，脸上都快要长出青苔。街道上的那些树如同落水的鸡，枝丫四散开来，似乎不堪再多负荷一滴雨水。突然，雷声从远处轰隆隆排沓而来。一声，一声，刚以为没了，不料又是一声狠狠地砸在耳朵上。白天响了很久，以为就此打住了，不想，深夜在床上又被惊醒。那一刻，我恍惚置身乡下的老家，那些只有在乡下独有的境遇在这座小城第一次重现。在乡下老家的泥砖房里，春天连墙角都是湿漉漉的，好像只要一摸就能摸出一手的水，还有就是窗户上的破油膜被风灌得呼呼作响，犹如一双大手拍打不歇。在急促的风声雨声雷声里，我的梦境依然酣甜，带着稻花香，和着野草味。

在城里被雷声击退的睡意，在黑暗中辗转了许久，还是找不回来，我索性披衣站在窗前，看犀利的一道道光劈开高楼之上的黑夜，听一声紧过一声的雷落在高楼之上的天空，电闪雷鸣，惊天动地，把夜撕裂把夜震碎。慢慢地，那些光消失了，那些雷退却了，黎明细碎的光芒被早起的菜农挑着，晃悠悠的，嫩鲜鲜的。

天放初晴，亮丽的阳光隐约在清新的空气里，整个城市有着空山新雨后的清爽明朗。舒展的目光，不经意停留在台历上，我的心猛然一惊。原来，雷声轰轰，雨水突止，今天是惊蛰。晋代诗人陶渊明有诗曰："促春遘时雨，始雷发东隅。众蛰各潜骇，草木纵横舒。"关于二十四节气，太阳之子苇岸在他未竟稿《二十四节气》中，对古人留下来的节气名称惊叹叫绝，说这二十四个名称既带着古典诗歌的气质，又仿佛是一幅幅东方田园风景画："这是语言瑰丽的精华，它们所体现的汉语的简约性与表意美，使我们后世的汉语运用者不仅感到骄傲，也感到惭愧。"这位热爱大地上一切事物的作家在《一九九八·二十四节气》中对惊蛰的描述是："惊蛰，两个汉字并列一起，即神奇地构成了生动的画面和无穷的故事。你可以遐想：在远方一声初始的雷鸣中，万千沉睡的幽暗生灵被唤醒了，它们睁开惺忪的双眼，不约而同，向圣贤一样的太阳敞开了各自的门户。"因为热爱大地，因为热爱文字，因为热爱二十四节气，在惊蛰这个节气上，我以苇岸的文字为最精确的诠释，并引其为一生的知己。

"微雨众卉新，一雷惊蛰始。"这个时候，乡下的草芽应该很长了，绿意呼之欲出了，生机蓬勃盎然了。想起父亲教过我的农谚："到了惊蛰节，锄头不停歇。"是的，锄头没有停歇了，雪白的舌头开始在田间地头四处舔舐，舔舐之处，泥土腾成浪，细细小小的浪，一垄一垄，涌起乡村崭新的丰收梦。此刻自家的田地里，父亲和那头老水牛齐刷刷地伫立着，父亲的斗笠遮住了雨水遮住了田野的风，却遮不住汗水。那头水牛喷着响鼻，心宽体胖地陪着华发早生的老主人。其实，它很明白，此刻的悠闲有限，下一刻就要用力把沉睡一冬的田野唤醒。"归来景常晏，饮犊西涧水。"这是老父亲惊蛰之际最为生动的写照，唯一不同的是犊不是犊，而是变成深谙农事的老水牛，它的肌理里二十四节气贯通经脉。

"田家几日闲，耕种从此起。"我不事稼穑已然多年，埋首故纸堆，枯坐青灯下，微雨燕不飞，落花人独立，浑然在忘川之上，看青春的山头硝烟四起，看暮色苍茫，人家灯火一盏盏，我的家园下落不明。一味地前奔，来路上的风景依稀，只记得几多黑夜漫漫，几多黎明苍白，花开草绿的景象在文字里掩映，独难入身影。慢慢习惯了麻木不仁，慢慢习惯了心如死水，慢慢地贪图安逸，慢慢地学会享受，而不去想生活为什么，身后留什么。南柯一梦，在这个惊蛰里，我把自己当作一粒小小的蚕茧，破茧成蝶，从旧我走向新生。“饥劬不自苦，膏泽且为喜。”不厌苦不言累，我素朴地劝慰自己，当年若不是父亲的执意坚持，我现在不是置身田野之上就是身处高架之上，泥土能掩埋我的汗水却很难结出我想要的丰硕之果，高架能支撑我的身躯却很难兑现我想要的希望之梦。再苦再累，累不过乡下的老父亲，苦不过我南方的兄弟姐妹们。

让惊蛰的雨水洗掉我的慵懒，惊蛰的雷声震碎我的淤滞。打开心窗，接纳清风明月，接纳蓝天碧水，接纳苦难无助，接纳幸福快乐。人生其实很简单，就是要做到看重以前看轻的，看轻以前看重的。灵魂，什么时候醒来都不晚，在将来的路上，身至心至。

乡土无言

寂静，冷清，落寞。一抹残阳，一座秃山，一排瓦房，一湾小溪。

美好的阳光覆盖大地，一只不肯远离的麻雀在视线里起起落落，在寻觅最后的粮食。它们一垄一垄飞过去，灰暗的身影让我顿时想起素朴的乡亲，还有我留守乡村鬓发如雪的老父亲。

乡村的时光如水，准确说，如一镜池塘之水，没有惊涛拍岸之雄壮，没有千回百折之迤逦，独有恬然淡泊之安宁。农事被农时安排有序，父亲年年耕耘在二十四节气里。在春雨里出种，在夏日里挥汗，在秋阳里收割，在冬天里储存。草垛高高，是乡村最后的守望者，和父亲相依为命。粮仓满满，那是父亲一颗颗晶莹的汗水凝结成的阳光，它们从乡村出发，至今还在喂养游离乡土之外的我，还有我开始在这座城市土生土长的孩子。

千山鸟飞尽。鸟语从清晨的大雾里清晰传递过来的时光不再，鹞子从空中掠过村庄一片慌乱掩藏小鸡的时光不再，连乌鸦在村口那棵老槐树上突然叫响数声的时光也不再。这些年，鸟飞尽的同伴还有那些结着高高鸟巢的树木。漫山遍野的枞树已然成为工厂里的原料，而那些出身稍显高贵的老树成了城市街头或者公园的饰物。无论是浑身碎骨，还是寄人篱下，无论是体无完肤，还是肢体残存，它们和我那些儿时的伙伴同出一地。短短十几年，我很多儿时的伙伴至今还在南方诸地，用日渐劳损的身体支撑一家之生计。身影还能出现在工地上的人还是幸运的，其间不少人已经天人相隔，他们或遭遇车祸，或倒在流水线上，能回来的也许仅仅是魂魄了。

万径人踪灭。根本没有一场铺天盖地的大雪，乡村的路上，也很难寻到一个个结伴而行的人影。唯独乡路如绳，一条条被摔在田野之间，或笔直，或委屈，无言地各自蜿蜒至村外的世界。这些路上，曾经那么喧嚣，有成群结队的牛羊走过，有吹吹打打的出葬人群走过，有喜气洋洋的迎亲队伍走过，有怀揣希望和梦想的人走过，有心怀无限忧伤的人走过。我还能很清晰地想起，很多年前的一个夏天，我一个人骑车在每一条乡路上游荡，夕阳将我青春的背影印染得很悲怆。行至路尽头，面对熟稔的但在夜色里开始模糊的青山，泪流满面，然后，是狼嚎一样的悲恸大哭。那是青春的梦想第一次破碎的无奈和无助。名落孙山，其实不可耻，但我实在是不想在这片土地上争食。世事难料，没想到很多人比我更快，更彻底地逃离这块沾着我们第一声哭声的土地，不再回头，更别说再在这一条条路上寻觅昔日回忆。

老的都已经很老了，少的还很年少。老的我认识他们，他们开始不认识我了。少的我不认识他们，他们也不认识我。回到乡村，我已经是村庄的陌生人。老人们在时光里好像是到期的庄稼，没有了时令的水分，一下就枯萎了，有些还残存一点水分却失去了很多记忆。比如我一生挚爱的外婆，曾经那么精神矍铄乐乐呵呵的一个老人，突然耳朵失聪，然后记忆模糊，连自己的家都搞不清楚了，住在自己的家里老说要回去，让人觉得不可思议。对于我，她这个最疼爱的外孙，倒比别人多一点印象，我每次回家，她还能认出我。面对外婆，我一度失语。在她面前，我不知道从何说起，说什么好。只好在一些时日里，静静地陪她坐在屋檐下，一起静静地舒展目光。这样的时日来不及有很多的重叠，外婆选择在立冬走了，从山下走到了山上。外婆出殡，我一路长跪，送她最后一程。膝盖皮破了，泪水似乎都已经流干，当外婆入土为安，我知道，从此有一束目光在我背后，不论是白天还是黑夜，她在庇佑我走后面的路。我也知道，我要好好走，什么事情我在做，外婆都在看，不敢有一丝懈怠和亵渎。

父亲沉默寡言，和我说话有点拘谨。我已经习惯他的拘谨，也习惯用沉默和他交流。回家的时候，他总是那么开心，那份喜悦从他沟沟壑壑的皱纹里溢出来，那是一份简单的满足和安详。他喜欢用土方法为我做米酒喝，喜欢用农家肥为我种青菜，还不惜辛劳为我喂鱼。每年捉鱼的时候，他开心得像个孩子，并唠叨在城里你们吃不上这土鱼。父亲喜欢喝点小酒，酒量很有限，但我从来没见他醉过。喜怒哀乐，他全然通透了。父亲，在慢慢变成一个乡村老人、一个乡村哲人。不争，不闹，自在劳动，自在生活。人到老年，静是一种禅，是一种境了。佛家云：佛即自觉的人。其实，乡村里的老人，到最后都是颇有几分佛性的。

乡土无言，并非无话可说，而是一种沉寂一种姿态一种豁达一种自得。乡土无言，它用最厚实的泥土喂养每一个生灵，用最肥沃的养分托举每一份梦想，用最博大的胸怀包容每一个生命，用最初和最后的仪式告诉我们，从哪里来，到哪里去。生于泥土之上，不带一丝来，归于泥土之间，不带一丝去。

耽于秋思

出身贫瘠乡野，草间一莽夫，我哪里有什么诗情画意去伤秋悲秋？命运的颠沛流离，辗转数地，见识过台面上的繁华，目睹过人走茶凉的清绝。得到过所谓贵人的提携，身负过某些小人的暗器。关于青春，关于远方，我在一个个破碎的黎明前，听见过梦碎的脆响。

栖息在沸腾的城市里，鸡鸣不起，而狗吠还能穿越不眠的梦境，悄然而至。很多时候，特别是每一个秋天的到来，我总是如一棵枯萎的灌木丛，在一夜秋雨之后，长满斑斑点点的蘑菇。每一把小小的伞面下，是一阵紧过一阵的腐朽的气息。年少轻狂，伸手自以为可揽九天月，八千里云与月也在等闲间。在历经寻觅、伤害和背离之后，樯橹间灰飞烟灭的是曾经那么茂密的信仰和勇气。

走了很远走了很久，慢慢质疑当初的执意出走，于今又有什么意义？在朴实的乡下，被岁月抽走了丰腴年华的父亲，总是能够将军似的检阅他用汗水培育的稻子。稻子金黄沉甸，那是世上最好的黄金啊！是这些金子喂养了我的骨骼，赐予民间大地一切美好的传奇。作为一株迁移的稻子，纵然有千娇百媚，在城市板结的水泥上，在五彩霓虹灯下，都显得轻浮不堪。除却背井离乡，除却孤苦伶仃，还有什么可以深情相拥的？

回想当年的那方田垄，一只又一只的麻雀随风旋转在清凉的风里。这些鼠目寸光的飞行物，曾经在我眼里是多么的可笑。笑麻雀之短视，竟然成今天之艳羡。孤老乡野，总比埋骨他乡要好上千万倍。于是，才有村人千里奔袭，剩余一口气，只为瞑目青山。

秋风起，夕阳下，人的心里，谁没有一个长长的清单，罗列着多少美好的事，可总是被搁置，最后腐烂在时间的阁楼上，唯有自知，无从话他人。或许，我该学佩索阿写一部惶然录，惶惶然如丧家之犬，年老色衰在乡愁的箭镞里。

无处安放的孤独啊，人与人接壤，能诉说的总是雪泥鸿爪，好的也不过几桩人情世故。能说的，都不是最深切的孤独。正如，日光之下，并无新事。而我，之所以忧伤，就是不愿意在秋天里虚空，如稻草人，看着浩大的秋天撤退，两手空空，两袖清风，两眼迷离，两臂乏力，被最后路过准备冬眠的田鼠嘲讽。

好吧，我习惯在秋天里忧伤，不看书，不看手机，不想前生后世，只做静默地深呼吸。没有乡土，以自己的心围堰。怀揣远方，远方给目光以无尽的慰藉。

在这接近尾声的秋天里，露水已经快要凝结成霜，月还是多年来的那轮明月，所有的流离失所都只是必经的际遇。尽管生活让我遍体鳞伤，但我还是一厢情愿地深信，所有伤口都会变成我最强壮的地方。

生活终究并非一时一地之得失，而是千山万水走遍的历练，是忧思愁结的清理，是明知依然有接续的寂寞、悲伤和分别，依旧持有一天一地阔大的决绝勇气和满腔热情。

第四辑　回乡偶书

回乡偶书

在家门口下了车，已是傍晚时分。在我所有过去有关乡下的记忆里，这个时候，应该是村庄一天中最热闹的时刻。牧童们吆三喝四地赶着牛羊从山上的羊肠小径走来，农家妇女或站在屋檐下呼唤贪玩的细伢子回家，或站在庭院里逗鸡鸭归埘。农家汉子荷锄带着一天劳动的疲惫从田塍或地头回来，一路上不时讨论今年的收成。而现在，整个村子一派冷清，好像刚才下了一场凛冽的冬雪，所有人都躲在被窝里没出来。这离我过去的记忆越来越远了。

父母亲看到坐在家门口的我，很惊讶。回家前，我特意没给他们电话。以往我每次回家，先告诉家里，母亲就要忙乎上好几天做招待我的准备工作。他们这两个地道的农民把我这个孩子当成了客人，我说了好几次，母亲都不以为然，说你一年难得回来。这次，我突袭回家，就是为了不给母亲添麻烦。父亲憨厚地笑了两声，具体的神情被夜色掩饰。母亲几步走到跟前，仔细地端详我，这也是老习惯了，看看我是不是还像以前那样消瘦。

夜晚的村庄也很安静，全然没有过去的蛙鸣震天响。这些年，青蛙都被捉干净了。乡下的青蛙成了城里人的盘中美食。蜗居城市，我也出入在一些酒席宴会上。面对蜕皮的青蛙，我没来由地心酸，一筷也不动。那个时候，我总想起童年钓到青蛙后回家，父亲狠狠地呵斥我，然后叫我把青蛙放回田里。没了往昔的蛙鸣，我心里有点失落。这个村庄不是我记忆里的村庄了。而今，它变得让我觉得陌生。早早地睡不着，我伫立在庭院里，看萤火虫打着灯笼在无边的夜色里，寻找大地的秘密。我想起小时候常常唱的民谣：洋火机（萤火虫）哪里来？我从新化城里来……当然，现在的孩子已经不再会唱了，很多的民谣和民间故事被电视文明冲击得七零八落，永远地散落在我这一代乡村孩子的脑海里了。同时，失却的还有夜晚玩耍的童趣。小时候的我和伙伴们总是要嬉笑吵闹到深夜，或捉迷藏或打仗，其乐无穷。现在村里的小孩也像城里的孩子一样封闭自己的心灵了，各自待在家里不愿出来。多年以后，一旦这些孩子进了城，说起自己的童年时候，不知道他们怎么向城里的土著居民描述乡村。

一觉醒来，太阳早已爬上了屋对面的青山。母亲给我准备了丰盛的早餐，其中有我最喜欢的水豆腐。一方水土养一方人家。只有家乡的井水打出来的豆腐，最为细嫩最为香甜，怎么也吃不腻。我猛吃海喝，母亲看着我这般模样开心极了，脸上的褶皱里都溢出了笑意。父亲扛起锄头，准备出门。我放下饭碗，说一起去看看久违的稻子。母亲劝我别去，天气太热了。我坚持要去，母亲递给我一顶斗笠。头顶斗笠，脚穿皮鞋，我是一个不伦不类的农夫，跟在父亲的身边，和他并肩走向田野。

父亲除了做自家的责任田，还做了几个邻居的责任田，一共十亩。父亲告诉我，现在的人都不想做田了，都外出打工了。待在村里，连一分零用钱都弄不到，还不如待在外面，还不要管人情来往，那样省事些。像玉生一年又一年待在外面，钱没弄到，也不回家。我对父亲说，现在国家不是在实行粮食补贴吗？父亲吐出一口烟，说如今农资涨得飞快，那些补贴又管得了什么用。可惜了那些良田，一丘一丘地长满了荒草，真是造孽啊！父亲随后还告诉我，村里人对他做这么多的田，很是不解，说不愁吃不愁穿，何苦受这份活罪。父亲没解释，但我知道，父亲是心疼那些好田，能做一丘算一丘。记得父亲从前对我说过，田荒三年，就成一堆瘠土了。

我不由想起和父亲一起开田的那段时光，那是一段难以磨灭的深刻记忆。正读高一的我，暑假里父亲每天早早地叫上我，一起去开田。那块土的地理位置很好，说位置好，其实也就是水路好。只要把田坎垒起来，就是一丘好田。首先，父亲和我从远远近近的地方找来一些石头，砌成四边的石坎，然后挖土全部覆盖起来。为了砌坎，我幼嫩的肩膀被抬石头的木杠压得血肉模糊，活活地压脱了一层皮。说来也怪，肩膀脱了一层皮后，反而变得有力了，居然不再怕抬石头了。石坎砌好，父亲要我擂田坎，直到没有一丝罅隙，才好蓄水。这项工作非常简单，但要做好极难。擂的时候，每一次必须使出吃奶的力气，才能使泥土深深地把石头粘住。这也是一项细活，来不得半点马虎，必须一锤紧接一锤地擂得严丝合缝。田坎要蓄水，至少要擂三次以上。父亲定下的检验标准是一天暴晒下来，要没有一条缝子。那个暑假，我天天在烈日下擂田坎，只差没把整个村庄震动起来。手上先是乌黑的血泡，接着是脱皮，最后是黄色的老茧。年轻的我在那个时候充分体会到了农家生活的艰辛和无奈，在心底里暗暗发誓，回校后不再吊儿郎当，横竖死活不回来当农民。

我问父亲，开的那丘田还在种水稻吗？父亲回答，每年都做呢。我有些莫名的宽慰。到了自家田头，水稻长势良好，这个时候正在攒足了劲儿地长高。一阵蕙风吹来，田野掀起此起彼伏的绿色波浪。父亲进了田，除稗子。父亲的身影在绿色的波浪里，像是一叶小舟，而斗笠是帆。我仔细地端详稻禾，发现了几许陌生。多年了，我已经不知道它们是什么品种了。我熟悉它们的曾曾祖父或祖母，却不认识这些新生代。正如我认识村庄里很多的老人，但却不再认识他们的孙子，我只能从孩子的眉宇间依稀寻找他们父辈的影子。

父亲的这块丘田是特立独行的，好似一个王者孤独地立在田野中央，它的周围是不堪入目的稗草。这些曾经都是好端端的良田啊！这片土地上也曾经热闹非凡，它们养育了一代又一代的村庄子民。而它们的子民没有感恩戴德，相反一个个相继离开。我心里一阵难过，村庄里的农民都离土而去，成为了城市里的民工。他们哪怕是拿不到工钱，只要能存活，就待在城里不愿回来。

乡村很多的东西都凋零了，我曾经居住的这个村子就像一棵虬树，在岁月的风雨里，在时代的云烟里，慢慢地飘落身上的叶子。再过数年，我该怎么去面对它更加颓败的面容?

岩鹰亭

老家在湘西南的丘陵深处，坐落在四面环山的腹地里，出行都得翻越家门口的那座岩鹰山。村民肩担步行，翻山越岭，非常艰苦。在蜿蜒崎岖的山道上奔波，总该有个暂时休息的地方，待汗消喘定后再上路。为缓解跋山登岭之苦，很久以前村民就在岭岬处建造了一座凉亭，供过客歇脚乘凉，躲风避雨。几番风雨飘摇，凉亭也修葺了好几次。而今的岩鹰亭还是光绪年间修建的，青砖结构，基脚的青石条有半人高，亭顶是屋檐的伞状模样，而不是其他地方的飞檐翘角。准确来说，岩鹰亭不是四脚亭、六角亭、八卦亭，就是里外各置一墙长方形的通风大屋，路通中间迎两头。靠墙两方各设一排座位，全部是颀长的青石条，颜色黛青，光溜溜的，被来来往往的行人坐得有些透亮，里面的条纹清晰可见。靠山的里间还有一茶屋，茶屋极其简陋，一泥砖灶，一大铁锅，茶叶是山上自产的野茶，摘一些晾干就是上等的好茶。行人走进凉亭，呷一口清茶，欣赏一番凉亭周围的优美风景，清风徐徐吹拂，疲劳顿减，精神焕发。南来北往的客拱一拱手，谈笑间演绎南来北往的逸事传闻；风里雨里的农夫用辣辣的烟叶蒸腾风里雨里的桑园故事。

岩鹰亭之所以能有如此规模，和一个人有着莫大的牵系。那人是我们村里唯一被后来者提及的大财主，据说早年在云南一带做过官，聚敛了一笔财富，解甲归田。财主娶了九个老婆，可就是生不出孩子。八字先生对他说，要多修路架桥，广积善缘，这样才会多子多福。财主从此行善，见岩鹰亭墙体败坏，倾倾欲坠，便捐出大笔银子，翻修亭子。修亭子的钱无人敢贪，亭子修得蔚为壮观。亭子修好后，财主还特意划出一亩好田，拿那一亩田的租金来供行人喝茶。此后，财主还捐资修建了从亭子到山脚下的山路，清一色的青石铺就，哪怕是大雨天，走在上面也稳稳当当。

二十岁之前的岁月里，我有很多的日子，在上面往返。走在青石板路上，坐在开阔的亭子里，我总是有一些感激之情在心底泉涌。每每走出亭子，走上通往山外的道路，我总是有些眷恋，不时回头望望岩鹰亭。这个时候，岩鹰亭就像饱经风雨的乡村智者，用睿智的目光催促我奔赴前程。当我带着满身的尘埃或一身的疲惫回家，远远地看到岩鹰亭，所有的苦楚和无奈就都烟消云散，看见岩鹰亭就像亲人一样和蔼地站在那儿，以温情的目光迎接我的归来，尽管我依旧只是一个失魂落魄的游子。慢慢地，我感觉出岩鹰亭仿如古朴沧桑的书页，青色的石柱、青色的石梁、青色的石凳、青色的瓦，书写着我遥遥路途的乡土情结。风雨的路途上，岩鹰亭昭示我只要肯走，前方总有一方晴空。岩鹰亭以一种独特的姿态，屹立在我年轻的心原上。

当我在岩鹰亭之外的城市落脚，走在平坦如砥的水泥马路上，依旧缅怀岩鹰亭以及岩鹰亭下面的青石板路。梦里，脚步轻快，欢奔在那些熟稔的事物构成的风景里。特别是这些年，行走湘西南，很多的景物都遗忘，但每到一地，我都会好好地寻找凉亭，就像虔诚的信徒膜拜庙宇。因为我发现凉亭不仅为人们提供遮风挡雨的处所，还提供着启发心智的精神食粮。这些粮食来自凉亭上的亭联，那都是古朴岁月大浪淘沙留下的文化精髓。隆回冷水井茶亭上有一副题联：“君请息肩，老鹰坡上途犹远；客来解蹬，洗马滩头水正清。”这亭联以当地地名地形入联，亲切热情，透出湘西南民风的憨厚纯朴。邵东黑田铺康阜岭凉亭内有题联两副：“上岭难平气，下岭气难平，暂坐数分钟，平平气；抬夫欲息肩，挑夫肩欲息，缓行几步路，息息肩。”这一副以回环往复的笔法、通俗多情的语言，道出了挑肩挑担者翻山越岭谋生的艰辛。另一副则吟咏景致，抒情寄意：“此间林石颇佳，且驻马衔环，暂洗征尘舒望眼；自古关山难越，恰感时促物，好趁粉壁寄闲心。”两副联形成鲜明对照，人生况味呼之欲出。我不禁为之叫绝，顿悟真正的文化在民间，民间文化的博大精深不容忽视。最为独特的亭联是嵌字联，并起勘分地界之效，可谓巧妙绝伦。迄今我还只在湘西南看到一处：“界分湘邵；岭列东西。”这一联简明点出邵东界岭乃湘乡与邵阳的分界处，让人叹为观止。

随着岁月的变迁和时代的进步，过路凉亭已完成其历史使命，退出了历史舞台。大多已坍塌湮没，少数保存下来的也多破败不堪。老家的村道旧貌换新颜，由过去坑坑洼洼的黄土路变成了宽敞的水泥路。村民出行极其便捷，摩托车一夜之间多了起来，不再像过去肩挑手提。马路是从岩鹰亭下不远处穿梭而过的，村民也少人走青石板老路了。我想，岩鹰亭如今应该是寂寞的了，没了昔日的欢声笑语。前些日子，父亲打来电话，提及岩鹰亭，说村民没有忘记它，相反，又修葺一新了。父亲还说，村民要把岩鹰亭当历史文化遗迹保护起来呢。我有些欣慰，村民没有冷落岩鹰亭。其实，只要是对乡民做出过贡献的人或物，乡村是永远铭记在心的，不管是岩鹰亭还是当年修建岩鹰亭的那个大财主。那个大财主最后仍无后嗣，但其后来的行善积德之举，令村民钦佩。多少年过去了，每年清明，还是有不少素无血缘的人去为其挂青，热热闹闹的，爆竹响了一地。

试问燕子何时归

每到春天，五婆婆总是在早饭或者午饭后，心事重重地站在屋檐下，望着遥远的南天，喃喃自语：“燕子怎么还不来，该来了的，莫是出了么子事吧？”那神情就像惦记着远方的亲人。

当燕子从视野里翩跹而至，村庄里的喜庆气息随风荡漾。燕子飞回来了，在吐翠的柳梢上，在返青的麦田上，在芳草萋萋的土埂上，在炊烟袅袅的屋顶上，在细雨蒙蒙的春雨中，轻捷地飞来飞去。它们用清脆的燕语，传递着春的信息，用轻灵的身姿，描画着美好的春光。

如果说村庄是一幅美妙绝伦的国画，那么燕子就是其间最为灵动的点睛之笔。我常常这么想，也总是由衷地钦佩燕子。为了故土，它们脚步匆匆，穿花贴水；为了旧宅，可以徘徊顾恋，不离不弃。

和五婆婆一样，我也喜欢燕子，会给燕子留门。每次出门，我都不会忘记把堂屋的门敞开，好让燕子顺利地飞进飞出。而筑巢在我家堂屋房梁上的那对燕子极其恩爱，总是结伴而行，一起叼草衔泥。

有时候，我坐在青石门槛上，呆呆地看它们筑巢。难怪它们能给人类无比的好感，它们简直是勤劳的化身，整整一下午，它们一刻也没停歇，忙碌不已。不管怎么忙怎么累，它们依旧快乐地歌唱着，全然没有一丝的疲劳和懊恼，尽管一下午它们筑巢的面积小得可怜。可不出几天，它们的巢就大起来了，很结实，也一定很温暖，因为它们铺垫了不少的细茅草。

不久，燕窝里传来啾啾的叫声，呵呵，雏燕出来了。它们的父母争分夺秒出去觅食，然后衔回来喂小燕子。当燕妈妈飞回来，小燕子脖子伸得老长，张开橙黄黄的嘴，争先恐后地等燕妈妈把食物喂进去。燕妈妈心细如发，它不会让自己的每一个孩子挨饿。

燕子在村庄里是不容伤害的，我们这些小屁孩架楼梯掏麻雀，大人不仅不呵斥，还用眼光给几许赞许。但谁要是敢用竹竿捅燕窝，大人会毫不犹豫地凸起中指，给你一记“栗扣子”，遇上脾气不好的，一记耳光也说不定。

五婆婆看到我们这些调皮鬼，就告诫说:“孩子们，千万不要捅燕窝，谁捅燕窝，谁的脑壳就会生癞子。”我们听了，害怕不已，更加畏惧，就像怕夜晚用手指月亮会烂耳朵一样。我们还勤快地担起打扫燕粪的任务，每天及时清扫，使堂屋保持清洁。

我特别喜欢燕子，还因着一个小小的秘密。在村庄，燕子是有地位、有影响的鸟，也有很多的女孩叫“燕子”。有一个叫燕子的女孩是我父亲战友的孩子，模样长得像燕子一样精巧，尤其是眼睛黑亮如燕，一看就让人喜欢。同住一村，我家和燕子家走得很勤。一次，两个大人喝酒，酒酣处打起了亲家。从此，村里人常常戏谑我。

燕子来来去去，我们在燕子的往返里长大。我也和燕子一起上学。初中未毕业，燕子去了南方。后来，我也像燕子一样飞离村庄，但飞得并不远，依然是村庄的候鸟。而燕子扎根南方，她成了南方一座繁华城市的留鸟。

什么时候燕子突然从湘西南的村庄消失了呢？这个谁也说不上来，只是燕子就像旧光阴一样渐渐走远，慢慢地只留下曾经熟稔的背影。

我最近回家，看到燕子的父亲，这些年，他还在不停地说，燕子很少回来。我无言以对，一个劲地劝他喝酒。酒酣过后，燕子父亲和我父亲还在东扯西扯一些往事，我突然有些心酸。走了出去，这个世界很多的东西在迅速地变迁，包括曾经那么热爱脚下这片土地的燕子，可它们很大一部分也不再回来了？我四下寻觅，目光空空荡荡，犹如丰收过后的田野。

据鸟类专家说，燕子之所以稀少了，是因为多年来农民大量使用农药和化肥毒死了燕子。我看到这，心里很是愧疚，居然是我们自己亲手杀死了同声相应、同气相求的朋友。

我多么希望如五婆婆临终前所说：“燕子只是暂时迷了路，它们总有一天会飞回来的。”五婆婆，这个呵护燕子一生的老人如今埋葬在村口的高岗上，她定然还在盼望燕子飞回来的那一天。而那一天是什么时候呢？

抒情在村庄的腹地

一

走在村庄的腹地，我知道我是个抒情歌手。

读村庄，蓑衣是一种古朴的文字，斗笠是一种古朴的文字，草鞋更是一种古朴的文字，而自远古涉水而来的如大山绵延的村庄后裔是一个个不折不扣的标点。

绕过老槐树的石板路是村庄唯一的出口，多少年了，青石板上的脚步声匆匆，却没有谁的脚步能伸出层峦。无数次挪动的脚步，被来自土地深处的阵痛牵扯了吗？无数次遥望山外天空的目光，被远山更远山的云雾遮拦了吗？风以一种无言以对的姿态疾驰而过，有祖辈沧桑的幻影在风中走动着……

老槐树在柔媚的阳光下轻轻地摇响，如外婆切切的叮咛，一声紧挨一声地飘在和风里，又似黑夜里外婆提一盏萤火游在夜色里为我喊魂的声音，涌出我童年的时光。外婆的喊魂声深入我的血液、切入我的骨髓，夜夜在思念的梦里汹涌。

在那个山雀疯啼、满山杜鹃盛开、露珠可爱地滚动在草叶上的晨曦中，我热血沸腾，体内鼓胀着一种远行的欲望。对着门前的重重叠嶂呼唤，呼唤如风吹过去了。远方，可曾听到了我青春激情的呼唤？久久地，沉默有如夕阳燃烧黄昏后的宁谧。谛听远方的回声，远方的召唤，会真切地飘过来吗？！眼里蒲公英如雪飘舞，又随风悄无声息地遁向远方……

二

走在村庄的腹地，我不能不是个抒情歌手。

缕缕希望化作无枝可栖的零羽随风散落，躺在向阳的绿草坡上，看风起云舒，听松涛轰鸣，心头逐渐澎湃着一种青春宣泄的激情。于是，青春的心原上疯长出一种叫作诗歌的作物，一如父亲地头的农作物一样长势良好，葳葳蕤蕤。只是，秋后，父亲的收成沉甸甸地在阳光下金黄遍地，我收获的却是一片在风里昂首挺胸的秕谷稗草。

目光圈出无数次残缺复又丰满的期待，那个秋后，我知道了等待成熟。走在星光下，努力地什么也不想，任淡淡的足音在万籁俱寂的夜色里似钟声低回，敲击着太多伤感筑成的忧悒的心灵小屋。如水般的月华倾泻，静静地流成一首浪漫的小夜曲，飘曳在开不了花也结不了果的心头，随意的呢喃似醉汉的梦呓，让风儿衔走。频频回首，亘古未变的山、幽咽的林、潺湲的水、清籁的风，舒展开无法抗拒天然造化般的魅力，我依旧没有赏味的目光。

要我也是一叶无人驶渡的野舟吗？我不能，我绝不会随波逐流，在长久的漫无目的的漂泊中迷失自己、迷失梦想。要我成为一棵虬枝虬干的大树，生生死死庇护这片巴掌大的土地吗？我不能，我不能再吮吸这片土地上仅剩的一点肥沃和丰腴，我要盘根错节在另一种营养上，给村庄泥泞不堪、风雨摇摆、负荷累累、气喘吁吁的岁月注入新的血液。

哪一个艳阳高照的午后，温柔的水和花香替我洗净泪水盈眶的眼睛呢？

翅膀托给了天空。

三

走在村庄的腹地，我注定是个抒情的歌手。

村庄没有古典音乐，但有绝对悲怆绝对悲壮的山歌。像村口那棵老槐树上树叶一样多的山歌，水一样源远流长，浇灌村庄发育不良的文化和乡亲们扎根一生的土地。游弋在深深浅浅的歌声里，我只是一尾酣畅活泼的小鱼，睁着发亮的眼睛，想洞察些什么。

乡亲们在田间耕作的姿势很古老也很美丽。休憩时仰望天穹的感叹号或俯身土地的问号，都是画家画光了笔也无法描出的风景，我慈祥的父亲以佝偻的姿势兑现我不断成长的需求而默默无言，那汗水浸润的脸庞，正被阳光披露着微笑和坦然。

父亲的期冀是阳光，摘也摘不尽；母亲的渴盼是井水，流也流不完。像挚爱土地一样挚爱我的乡亲们，希望我成为一只鸟，飞也飞不完壮丽的旅程。

四

走在村庄的腹地，我不仅是个抒情的歌手。

村庄的小河也喜气洋洋地涌动红艳艳的桃花汛；村庄的春天也嗡嗡

嗡嗡地嘘出金灿灿菜花谣；村庄的羽翼下也孵出许多叽叽喳喳天真烂漫的童曲，村庄的柳林里也难产般萌生出明媚青翠的爱情。倚着山雀掠下的划痕，我所有的梦都走向远方。那一刻，豌豆胡豆花紫红紫红地笑，山草水草水灵灵地绿。村庄哟我的村庄，你为何舒展不开皱了千年的眉头？我的远行不是意味着永远离你而去，而是为了更好地走进这片土地，播种黄土地上绿色的希冀……

村庄哟我的村庄，我将以充盈和喜悦的心情独对你年轻而焕发的面容。

村庄情结

一

青春的根须扎不进村庄之外的天空。带着一页页破损的苦涩记忆，一缕缕失落的无奈的感喟，一脉脉伤感的彻悟漂泊的情怀，我回到溅着我第一声清脆啼哭的村庄。

春野里，白鹭伫立成一座袖珍小岛。水光晃晃处，泊着稻穗金黄的背影若隐若现。站在水田中央，我分明感到脚下泥土的不远处，是一块坚硬如铁的磐石。思想之水渗也渗不透。

父亲坐在田塍上，目光穿过村庄迷雾的烟雾，一次次暴躁不已。身后的老水牛望而生畏。

春天的晴天里，稻禾吮吸着阳光，欢快地拔节。弓着身子，我努力地把身体融入春天般的生长，夜夜却有莫名其妙的梦魇，一次次梦见青春的地头空空荡荡。

这是怎样一种禅言？我一次又一次地仰望苍穹。伸向山外的目光，消融得干干净净。凝眸山风摩挲下轻晃枝叶的老槐树，询问村庄：我只是你缠得最紧最纷繁芜杂的一个情结吗？

二

谁在雨中温柔地轻呼我的乳名？将呼唤深入我青春驿动的水域，使得层波叠浪一次次冲击我胀痛的心房。谁的气息这样深刻，如村庄千年淤积的忧伤？又有谁想赎回那些最初的没长出翅膀的诺言和在雨中飞翔过后留下的印痕？

谛听夜籁。独坐一方夜色，任冰凉的情绪恣意围裹我涌透我。思想的花朵总被某种深不可测的光芒打开……夜色深藏处的村庄，依旧抽象在山月的冷寂里，宛若二胡声时翩跹的一只受伤蝴蝶，忧郁如初，悲怆如昔。

谁会在星星来不及隐身的带露晨曦中清唱山歌？村庄哟我挚爱的村庄，我是你理不清剪还乱的一个情结吗？

三

我那看一眼就让人心醉的妹妹，娉婷在村庄的腹地上，一支支经典的民谣被山风带出，带得很远很远，生动了一双双聆听的耳。透过歌谣，我看到巨大的光芒和花朵在贯穿我一生的忧郁，软软地飞。

村庄不产爱情。曾经做过蒲公英梦，梦想飞向村庄之外的美丽女孩，在那个蒲公英雪一样缤纷铺满村庄的时刻，只从村庄的这端飞到了村庄的另一端。她姣丽的脸庞如蒲公英一样苍白，泪水如蒲公英一样纷飞。

静坐黄昏后的山林，静听鸟语，鸟语清脆声声不同，又那么的声声相似。梦屋好白好精致；窗外，开着轻轻柔柔的白雪。在梅一侧，有我心爱的女孩正手捧陶罐，手捧清澈爱情无限幸福而美丽地走来，并在我怀里温柔地诉说，佛前祈求了五百年修来的缘。

父亲的眉宇自开春一直紧锁着。我大口大口地吃着汗水浸白的米饭，遥想与农事无关的心事。父亲的屋檐下，我是一个幸福而忧悒的孩子。

夕阳掉进黄昏的巢。我遥望地平线上的风景，当夜色收拢我的目光落到村庄上时，我又一次询问：村庄哟我挚爱的村庄，我是你怎样的一个情结啊？！

四

坐在悲怆的天空下，深沉的土地上，望着呼啦啦滑过天空的鸽群，我常恐它们把村庄上蓝玻璃般的天空撞碎；听着美妙的鸽哨声，我常恐它们把村庄的思想引到苦涩的边缘。

记忆的落英缤纷。我久久仰望的天空浮不出什么新鲜。失血的风口，我又恍惚看见先民的身影一一闪现，很美很凄丽，像民间音乐里滴血的音符。村庄啊，你这棵千年古树，只能在这片天空和土地上光合，吮吸着贫瘠的养分而吐出营养不良的新叶。寸步难逾啊，你的头颅里从未浮现过鸟的翅膀？山风袭来，我听见心头有树叶在瑟瑟发抖，阳光之手怎么也触摸不到。

月色盈盈时，我总有些害怕，害怕根须触动时，许多的叶子都悄无声息地飘落，走在村庄的腹地上，我向着内心、向着阵涌而来的岁月呐喊：给我一双犀利的鸟眼吧，我要洞察村庄所有的沧桑和艰辛；给我一袭馥郁的花香吧，我要洗濯村庄所有的苦难与伤疼；给我一片温暖的阳光吧，我要驱赶村庄所有的寒冷和黑暗。

村庄哟我的村庄，你可明白，其实，我也只不过是你简单如山风裸露、坦荡胸怀的一个情结。

田野上一头寂寥的牛

天刚蒙蒙亮，满叔刚抽出那根黑湫湫的牛栏栓，老黄牯就迫不及待地从他身边蹿了出去。冲出牛栏，老黄牯有些眼晕发黑，已经饿了整整一夜，干瘪的肚皮耷拉，根根肋骨差点要刺破沾满牛粪的毛皮露出来。当它有些摇摇晃晃地经过低矮的屋檐时，村里唯一的老黑狗睁开惺忪的眼瞄了一眼，又默不作声地关上眼睑。

村子里安静得只有牛蹄声，一声一声清晰地踩出一线比一线明亮的晨光。春风一队一队浩荡地掠过，春雨一线一线密集地织过，春雷一声一声突兀地擂过，不觉春深，田野在季节的深处迷蒙，像个贪睡的孩童，忘记了按响季节的铃声。

露水还有些凉意，老黄牯迅疾地啃了几口，开始放慢速度，细细地咬噬。偌大的田野里，形只影单。青草遍地，独自享用。它想不起和那些伙伴们争食的时日已经过去多久，想到这里，有些发愣，有些失神。

青草上一滴露水打进眼眶，老黄牯稍微眨了眨，挤出无数滴。老了，老了，泪总是不经意地冒出来。

身边的雾水逐渐散去，远处的青山含黛，老黄牯突然发现村子很陌生，原先的房屋青瓦如鳞浮在日光里，沿山脚依次相连，而今清一色的水泥屋顶面无表情，年复一年地占据水泥马路两边的上等水田。田野在不断地退却，房屋步步紧逼。房屋越来越多，越来越高，越来越好，居住的人却越来越少，一年到头唯有过年几天才有难得的喧闹。

村子在一片莫大的繁荣里独自萧飒。残存的水田在时令里也越来越荒芜，一年四季长的除了草还是草。油菜花零零落落不成体系，散兵游勇地站在各自的阵营，全然没有了过去大兵团的气势。阳光打下来，那些灿黄的脸盘竟然有几许苍白。草籽花也消失得一干二净，没有了万紫千红，没有了斗妍争艳。蜂不来，蝶不飞，田野的上空单调如一张白纸。

远远的田塍上，几只不起眼的小灰雀在踱来踱来，惊飞的翅翼拉不近天空的距离，却无意间加深田野层层叠叠的落寞。

一个冬天下来，老黄牯饿得瘦骨嶙峋。满叔在荒芜的田野上孤身做田，四面八方都是空地，老鼠偷一些，鸡鸭食一些，麻雀叼一些，所剩无多。

每年临近年关，尽管老黄牯瘦得不成形，还是有不少的屠户上门找满叔商量出售价钱。满叔铁心不卖，说要靠老黄牯做阳春。碰一鼻子灰的人悻悻走开，嘀咕满叔死脑筋。

青壮打工去，妇孺守田园。斜风细雨不须归的劳作，已然成为时光的背景图。老黄牯知道主人是死脑筋，是乡下那种只晓得下苦力做苦活脑子不灵光的犟人。这个死脑筋已经上了六十岁，满婶和崽女常年在外不归家，他铁打一般死钉在家里不肯出门，守着人影稀少的村子。

老黄牯几乎在一夜之间浑身使不完的力气不见了，它愧疚地挤出一丝丝力气，觉得自己好像风中的那盏油灯，风是越来越大了，油却越来越少了。满叔的吆喝曾经惊雷一样砸在田地里，扬起的牛鞭在空中抽得空气能冒出火星，可现在呢，也只能一脚深一脚浅慢慢地跟在它屁股后。

一墙之隔，很多的夜晚，老黄牯咀嚼稻草充饥，听见满叔在床上辗转反侧，偶尔弄得床板吱嘎作响。夜色深深，寒露凝霜，叹息一地。

很快就吃不下去，老黄牯摇了摇头，发现胃口越来越小。突然想起自己是小黄牯时走过田垄，趁满叔一不留神，就伸出舌头迅疾卷进一口青禾，吃得那般有滋有味，哪怕挨一记鞭子也不觉得火辣辣的痛，依旧时不时地偷卷一口。

孤零零地站在田野上，老黄牯索然无味，它惦记同样孤身的满叔，此刻他应该干完早活回到家里升起了炊烟。炊烟是村子唯一高扬的手臂。整个村子只有满叔还捡柴禾做饭，大多数人家都改烧液化气了。山上的小径都被藤蔓覆盖，进不去人了，倒是有山鸡钻来钻去，有野兔东突西奔。

路过池塘，老黄牯低头饮水，它从来不喝田里的浊水，满叔曾经嘲笑它这个老伙计还穷讲究。看到清水里苍老的面容，来不及多想，脸上印有一个黑斑点，起先它以为是一条黑斑鱼，仔细一看不是，是天空倒映下来的一个影子，在迅速移动，一晃就不见了。

老黄牯抬头，看见一只黑鸦悄无声息地掠过。它突然一惊，收缩心口，倒出来一股水流，狠狠呛了一嘴。

老黄牯又低下头，清水平复如镜，这回它看见了一把闪着寒光的刀子……

山坡上一朵迷路的云

满叔吃完晌饭，走出烟熏得乌七八黑的灶屋。两个碗和两支筷子摆在灶台上，油腻腻的，还有几分乌黑。已经很多年了，满叔一个人糊弄着吃，填饱肚子将就。满婶早几年去广州城里带孙子了，他现今和一头老黄牯相依为伴。人气冷飕飕，连往年窜个不停的老鼠都不见了身影。屋檐上倒是莫名其妙地长出一棵不知名的小树，透着一点葱郁的生气。

坐在黑不溜秋的矮凳上，窸窸窣窣地从发黄的裤袋里摸出一包用油纸包裹的旱烟，烟丝古铜色，满叔用龟裂的手指捻起一张细纸，熟练地卷起大喇叭筒。火光一现，一股烟雾升腾而起，散发出呛人的气味，慢慢洇开，满叔微眯着眼袋耷拉的老眼，很想找个人儿说点什么。

老黑悄无声息地溜到满叔的脚边，用嘴拱了拱裤腿。这老黑也老了，满叔怎么喂都是瘦骨嶙峋的。这条老狗的骨头是治风湿的好药了！村子里总是有人这么暗示满叔，要满叔将老黑打了，给他们弄点骨头泡药酒。满叔一开始听说还一本正经地解释一番，次数多了说到后头，只要谁开口提及，他就阴沉着脸大跨步走开。

村里人越发稀少，偶尔有外人进村，老黑还是霸蛮扯出体内残存的气力吠叫，一声比一声虚弱，如风中一盏打碎了罩子的煤油灯。满叔极是爱怜地轻踢了它一脚，嘴里骂骂咧咧地：“不懂味的老东西……”话还没完，突然冒出来的咳嗽，密似春天的雨脚，急似夏天的山洪，立刻衬出屋前房后沉寂的幽深。

满叔抬起头，习惯性地远眺对面的青山。青山其实是村子里的坟山，很多人一辈子都没能走出青山的视野，在地上刨食，精耕细作，喜怒哀乐，最后都深深地走进青山，与青山浑然一体，化为青山的一抔黄土。多么简洁的一生，不过是从青山下走到青山上。青幽的墓碑成为一双双凝眸的眼，无声无息地望向未来的人群和时光。

枯黄如蝶的族谱上记载的先祖在青山之上，爷娘在青山之上，这些年来陆陆续续也有一些一起长大一起劳作过的熟面孔先走一步，在青山之上等待。

因为是坟山，所以平素是禁山的，只有清明才能去打扫，才能将那些喧嚣的藤蔓植物削去它们的张牙舞爪，而青草岁岁枯荣，满山坡，伴坟茔。

青山之顶有一朵洁白的云，恰如其分地戴在发髻，好像头扎白纱巾。这是一朵什么云啊，这么低？满叔不由地睁开浑浊的双眼，瞪得大大的，心也愣愣的。

白云在动！奇怪的不是上升，而是朝下挪，挪到了满叔最熟悉的那个山垭口，那个垭口里住着满叔娘。满叔前前后后去过很多次，开始是和爷一起去挂青祭坟，后来爷也去陪娘了，满叔就牵头带着细把戏们去挂青。满叔想起娘，泪水顿时涌了出来。娘在那个饥荒年代里自己舍不得多吃一口，忍着钻心入髓的饥饿，还挣扎着忙前忙后，最后饿倒在刨野菜的田间地头。那个时候，娘最大的梦想就是吃一顿饱饱的白米饭啊！满叔一想到这，有些悲伤地按住自己的胸口。

现在的生活多好啊，连老黑都变得富贵了，可它连骨头也啃不动了。满叔也觉得吃什么都乏味，孩子们邮寄回来的钱，他一分也没动。在他心里，那就是一个个冰冷冷的数字。可满叔也知道，这个村子已经留不住孩子们，在这一片土地上刨食也刨不出个子卯寅丑。不愿拖累，不想离开，满叔头上的时光之雪里深深地覆盖着对孩子的思念，但他从来不说，他执拗地和落寞孤寂做车轮战，不肯服输，更不肯服老。

不服老是在嘴上，是在崽女打来的电话里，其实满叔心里如夜间柴火般亮堂，时光多么公平，最后都要带走每一个人。这不，那朵白云移到了山垭口下的平地上，那里的熟人扎堆呢，一个挨一个，密密麻麻的，是山上的大院子。那里面的人肯定不寂寞，声息相通，那个大院子里有满叔的邻居孙忠前，村子里的人都说这个老家伙选了最后一块热闹的地。

孙忠前这个老家伙，年轻时候和满叔都是村子十里八里出了名的力汉子，过去砌房子用方方正正的大泥砖，他们俩每一担都挑八个上垛。特别是砌石磡，抬石头，他们俩就能抬起四个人抬的大青石，还乐悠悠的，面不改色心不跳。满叔想起过去那些辉煌，紧拧的眉宇慢慢化开，还自顾自地发出嘿嘿的笑，身边窝着的老黑不解其意，吐了吐舌头。

可孙忠前上山真是麻烦呢，这个麻烦要是搁以前根本不算什么，可现在竟成大问题。一村子的妇孺老幼，找遍前村后村都找不出一个能抬柩的人，只好一改过去妇女不抬柩的习俗，男男女女老老少少齐上阵。即便这样子，在上青山的那个大陡坡前，硬是抬上不去，几次差点砸到地上，那是出殡的大忌，会带来不详，急得满叔满头大汗。

想当年，满叔和孙忠前一前一后配合默契地抬了多少老人上山，而今轮到曾经出过那么多力气的人上山了，变得这般艰难。满叔心里塞满了悲哀，咬紧嘴唇一声大吼，使出最大的气力，狠狠地顶起后头，才勉为其难地渡过难关。上了那个坡，满叔瘫坐在地上，老腰闪了，接连几个月里都是手叉腰趔趔趄趄地走路。

“你这个老家伙好呢，有福呢，还有我帮你上山。剩下我呢？哪个来帮我？”满叔喃喃自语，巨大的忧愁很快如夏天的积雨云一样淤积眉头，浓得似乎要砸到地上。

白云怎么变小了，散开了，突然变成了三四朵，并且各自往不同的方向晃动。满叔不禁伸手揉了揉眼，没错，分明变成了几朵小白云，在高高低低的墓碑上左右游着，无拘无束，自由自在。

一会儿这朵引发满叔的回忆，一会儿那朵勾起满叔的想念。白云游荡，满叔心绪起伏。时光慢慢淌过，村子里依旧寂寂无闻。满叔很想起身去找个人扯扯家常，可想不起找谁，只好继续坐着，任凭时光如胶片回放。

这朵白云不会是迷路了吧，怎么就不晓得回到天空去了呢？满叔突然冒出这个想法。转念想起多年未归家的孩子们，他们也是迷路的白云，迷失在山外的繁华里。

哎哎，等我和那些青草为伴的时候，要是有这调皮的白云来嬉闹嬉闹，该有多好！

有些累了，午后的阳光也渐渐失却了热情，满叔决定回房间的凉床上躺一躺，坐久了，现在腰身都梆硬梆硬的。满叔进了房间，老黑也进了房间。

这时，山下的白云更低了，纷纷跑进了山脚下的人家，估计明天又会浮现在青山之上。

田野上那些灿烂的荷

和那些公园里庭院里观赏的荷花相比，田野上的荷毫不逊色，只是她形体小，没有出水之娉婷，但花色、形状和荷花并无二致。荷花出身名门掩饰不住富贵之态，雍容华丽固不可少，但素雅朴实更是值得称颂。她从诗经里走来，带着远古的深邃。“防有鹊巢，邛有旨苕。”现在你明白了，我说的乡下小荷其实就是紫云英，但在我们乡间有叫草籽花的，也有称为红花郎和荷花郎的。相较而言，我喜欢荷花郎这个在乡下难得优雅的称呼。细细纤弱的条形花瓣衬着绿色细小的圆叶子，一瓣紧挨着一瓣形成一朵小花，一朵连着一朵，一片连着一片。低矮的身躯平淡自若，紫红的色泽清丽喜人，总是在每一个春天把村庄团团拥裹，村庄幸福得像一个害羞的新郎。

那时的村庄种植双季稻，乡亲们在收割完晚稻并把稻草都归集到晒谷坪上后，在空旷的田里撒播草籽。那些着床的草籽像一个个孩子躺在大地母亲的怀里，吸收阳光和水分，在日渐变冷的秋天里，在诸多植物开始落叶的时分，发芽，扎根。鸡鸭鹅严禁出圈，偶尔一只跑出来，啄食草籽，被人追逐得四下逃窜。扎根的种子自顾自生长，无须精心照管，经风凌霜地成长起来，两根纤细如发丝的叶茎托着两片圆圆的十分可爱的叶子在微风中摇曳，嫩嫩的，泛着一片弱弱的绿色莹光。在整个冬天，这些乡下的小荷和麦子是村庄最醒目的生机。它们遥相呼应，并肩而立，在田里一起接受严寒的检阅。

春风万里，不忘寸草心意。几场还夹带寒意的春雨过后，阳光逐渐变得温情。绿色的地毯上一朵接一朵一簇接一簇地开出细小的花，从少到多，从零碎到整片，一下子把村庄点燃，驱散不肯速散的冷气。父亲额头上的皱纹慢慢舒展开来，看着一垄一垄的草籽花，心里也盛开着一朵花吧，但没有一声言语。而我们这些小把戏乐翻了天，一个个在草籽田里打滚、翻筋斗，甚至摔跤。那些小花、小苗被我们压倒，没有痛苦的呻吟，似乎被我们的快乐感染，发出愉快的尖叫。在草籽田里玩耍闹疯，大人们也不管不问，任我们肆无忌惮地把整个沉睡的土地吵醒。有时候女孩也放下腼腆来撒欢，不过她们更多的是四下打量，挑选最美的花朵，用线编出一个个漂亮的花环。然后，戴着花环，哼着歌曲，雀跃着回家。我们全然不用担心那些被我们压倒或者搞得凌乱不堪的花们，只要一夜功夫，不知它们从何来的魔力，倔强地直起腰来，又是一片繁茂和碧绿，又是一片平展展的，好像前日我们根本没光顾过。

可以踩，可以摘，可以在田间捉蜂扑蝶，年少的我曾经为追一只花蝶崴过脚，曾经为捉一只蜜蜂被蜇伤。但记忆最为深刻的还是牛吃了草籽。那个黄昏，也许我是沉溺于看一本连环画，也许是和伙伴们玩游戏，也许是被草籽花的美丽晕眩，反正忘记了自己放牛的差事。直到听见隔壁的红花婶婶撕心裂肺的叫唤，我急急忙忙跑去，才发现自家的水牛已经倒在田角，草籽被啃噬了两个团箕宽。我吓坏了，但哭不出来，只泪水疾流，瞬间所有的草籽花都失却了颜色，天空一片灰蒙。草籽，牛特别喜欢吃这绿绿的草本作物，但它不容易消化，而经过一冬鲜见绿草的牛一旦开吃，不知节制，会一个劲儿地死撑，因此乡下有牛吃草籽“胀”死的说法。我蹲在牛身边，很久才大声地哭出来。还好，红花婶婶发现得早，我家水牛逃过一劫。

作为一种绿肥，它们毕竟不是能观赏到自开自谢的作物。在布谷鸟的声声催促下，父亲和乡亲们扛起光滑的犁铧，赶着水牛或黄牛，一声吆喝，一行草籽被闪亮的犁铧翻进泥土中当基肥。生长两季，盛开一月，消失一日。那么精致的花朵，那么纤细的绿茎，都是那么的渺小，但它们抱小成团，集腋成裘，腐烂在白茫茫的水田里，成了水稻们的肥料，肥沃大地，奠基丰收。

从前年年可见的寻常景物如今亦成稀罕，自从化肥替代绿肥，乡下小荷也逐渐稀少，难得一见地出现在田野。回到乡下，成片成片的小荷恍惚已成记忆，偶尔还能在田塍上发现它们寥落的身影，零零星星。它们是被风带走或者被遗忘的乡村孩子，依然固执地生息在这片土地上。

以陌生，以沉默

走在故乡的土地上，我也是一个地道的外来客了。

一条沿河而建的老街，从头至尾都散发出衰败落寞之气。我家在老街的尾部，老屋的门窗油漆剥落，房梁断了一根，上面覆盖的青瓦倾斜，地上落了不少，雨水顺着斜口浸洗土砖墙，一片斑驳。而楼板保持着多年的湿润，陈腐的霉气弥漫。一架龙骨不全的水车还搁在走廊的木梁上，在时光的静默处回想当年农业的艰辛。

父亲随我回来，目睹此状，黯然神伤，说要修缮好老屋，不能置之不理。我明白一个老人的心思，他对这座亲手修建起来的第一栋房子有数十年情感，不仅如此，最重要的还是老屋所在处是先祖迁徙而至的首地。根深不忘本，饮水要思源，保护好这块散枝开叶的祖籍之地，父亲责无旁贷。

要说故乡最大的变化，莫过于房子。房子一栋比一栋修建得富丽辉煌，都建在公路两侧。如今，水田不再长水稻，长出的是一栋栋五颜六色的房子，呈现愈演愈烈之势。站在我爬过无数次的黄毛岭上，新建的房子鳞次栉比，哪里还像个乡村，俨然是个小城镇，可是大都是空房子，修建起来基本就是个摆设，人气寥落。但人人都在拼命修建，谁不建房谁就失了面子。房子失却了最初的居住功能，成为面子工程。父亲在二十世纪九十年代也跟风修建过一栋红砖房，和现在新建的相比，俨然一群凤凰里的一只灰土鸡，蓬头垢面。我们兄弟在外安家购房，负债累累，自然拿不出钱来修建新房子。死要面子活受罪的事情，我们坚决不干。尽管父亲心里头有点不爽，但不好言语半句。

山头上光秃秃，在我从前的记忆里，冬天的故乡也是绿色葱茏的，而今只见山头上浅浅的灌木丛，绿意逶迤成浪。古树、大树也进城去了，枞木早几年都变成了矿木运走了，唯一的一棵大树就是对面半山腰上的桂花树。这棵桂花树能够独大，一则是因为被奉为神树，一般人都不敢动心思，二则是长在乱石堆里。这次回家，听满叔说，桂花树有人出五万元购买，村里同意了，可去挖还要动用挖机，买方考虑成本过高就放弃了。现在的村里人都变得无畏了，神树也出卖。这棵桂花树暂时安然无恙，只怕过不多久，出价更高者就可以将其拔出山头，流落他乡。

神树可以出卖，这并非一个小事件，昭示着人心变了。现在三五个人聚集在一块，话题从头至尾都是赚钱。谁谁今年在外赚了多少？谁谁今年开好车回来了？如果是正当的倒也无可厚非，可乡人已经不论来路，不管黑猫白猫，能抓到钱就是好猫。村里一个比我小十来岁的年轻人在外偷窃，开始几年侥幸弄了钱，回到家里修建了一栋大房子，村里人还纷纷称赞这个伢子能干。后来，这伢子被抓判了八年。村里人和他父母说，没关系，出来还能挣钱！

特别痛心地看到过去的耕读传家已经不再，在我读书那会，每个村都比谁村里大学生出得多，故乡还有哪怕砸锅卖铁也要送子女读书的风气。如今，父母常年在外打工，孩子读书就是把孩子放学校养大。孩子会读求之不得，不会读也无妨，只要满十六岁办好身份证带出去做工，也有百多元一天，等到更大一点，那三五百一天也是常有的事情。读大学，不再是让人羡慕的事情。有时候，别人家的孩子上大学，有人还要泼冷水，读什么大学，要花那多钱，出来后能不能找到好工作还悬乎，找不到好工作，到时候照样是打工，还手不能提肩不能挑的。说的人振振有词，听的人无言以对。是的，这些年村里好些大学生出来都混得不好，甚至还不如那些一早出去打工的同龄人，这更让后来者寒心。读书不是唯一出路固然是好事，但是一点也不强调读书终归是畸形的。

故乡陌生化，我不怪故乡。其实，我也没能好好爱故乡。我当年也是矢志不渝要逃离的一员。在故乡的哺育下成长起来，身强力壮头也不回地闯进城市里，百折不挠，一门心思斩断伸向故乡的根须，只想更好更深地扎入城市的森林里。所有的热情都投入异乡，在异乡的天空下低头躬耕，不知晨昏。偶尔想起故乡，偶尔回去看看，在故乡的大地上连久一点的停留都没有，谈何为故乡的发展贡献一己之力。更无地自容的是，我们这些所谓的优秀游子在城市里学会遵守规则，回到故乡就抛之脑后，在故乡的大地上车辆乱停乱摆，在故乡的大地上将塑料袋等垃圾随意丢弃，故乡同样遭遇工业垃圾围困。

每个人都是这个世界偶然性的碎片。怅望故乡，只能以陌生，只能以沉默。现在的故乡再也走不进，过去的故乡再也走不出，我终成故乡的背离者，也成了故乡的怀想者。

家　树

在湘西南红丘陵的褶皱深处，树是我们的家人，常年不发一语地站在村庄的屋前房后，守护宁静淡泊的乡村时光。我特别喜欢村庄的黄昏，霞光里那些熟稔的树们，没有近黄昏的惆怅，相反神采奕奕。它们拥着淡淡的暮岚，仿佛童话里生长的仙树，上面居住着神仙。那一缕缕腾空而起的炊烟，似乎是树把它们弯曲的腰身提直的，越过树顶，才那么苗条地在天空上袅绕。也似乎是树为它们提供了一条笔直的向上之路，它们只需踏步而上。看到树上的炊烟，我仿佛看到了偏厦灶屋里母亲被灶火映红的脸庞，甚至是额头上细密的汗珠。我响亮地吆喝自家的老黄牛，嘚嘚的牛蹄声惊飞路上成群结队归埘的鸡鸭。夜晚睡在床上，树在外面为我站岗值哨，一切的风声都能一丝不漏地传递给室内的我。看摇曳的树影破窗而来，心变得特别安宁。

家家户户屋门前种植最多的是水桐树。水桐树长得快，不出几年，就能遮天蔽日。一个人的一生里要说种几次树，都能成材，用得上的，恐怕也只能是水桐树了。我几岁的时候，从山上挖了一棵小水桐苗，栽在家门口的左边，一年一个模样。到我十岁时候，家里请木匠做打谷机，就把它砍倒，锯成木板，拿来做打谷机盖板了。之所以用水桐，不是因为其木质硬实，而是因其轻薄。适当用上水桐木板，一台打谷机就不那么笨重，抬打谷机在丘陵山地爬上爬下，能够省却不少力气。如今单位每年组织去植树，我和同事说起我亲手栽下的树，做成农具都已使用多年。一些同事很艳羡我，他们在城里长大，栽下的树成活的都不多，更别说成材了。

乡亲们还喜欢把桃树栽在家门口，间或也栽上几棵梨树。每逢春天，桃花灿烂，整个村子脸色红润。乡亲们吆三喝四地赶着牛儿在田野上奔跑，翻滚的泥浪抱作一团，把珍贵的雨水蓄得满满的。不出多久，满垄的绿色占据大地的眼眸。当桃子熟透，孩子们一个个在枝头上翻越，轻巧得像一只只猴子。嬉闹的惊险动作，常常牵扯母亲的心弦，年年都要嗔怒几声，年年没有奏效，也年年没出啥子事来。也许，这是因为桃树在我们乡下是神木吧。人们认为桃枝能够驱邪镇魔，是乡间无须打制的神器。往往乡亲有急事外出或者夜半回家，都一手拿电筒，一手拿根桃树枝。这样的夜路，我也和父亲一道走过几回。有桃木在手，没有了畏惧，走夜路变得很美好，看群山在夜色里逶迤远去，看萤火虫满天飞舞，听长长短短的蛙鸣，听来自山林里不知什么鸟儿的悠长叫声，行走的疲劳被夜间的乡风带走。原来，乡亲们栽桃树，一方面是他们在美化村庄，桃花深拥的村庄何其美丽；另一方面，他们用桃树护卫村庄，村庄才千百年安详无恙。

远离故土，我发现如今的乡亲不再喜欢在家门口栽树，都一窝蜂地拥在一起，大肆占用良田修房子，所谓的街道形成了。汽车扬尘而过，灰尘呛人，家家户户都灰头垢面的。伴随而来的还有这些年，山上那些丰茂的树也越来越少，就像麻雀一样稀稀落落。幸存的都是一些小树，犹如孤儿一样无言地被越发嚣张的荆棘包围，伸着脆弱的枝丫质问深邃的天空和深厚的大地。曾经被庞大的地下根系抓牢的土层开始松软，张开一张张似乎干旱已久的大嘴巴。在夏雨肆意的冲刷下，山坡顿成一条条水流的浅沟壑，纵横交错，你中有我，我中有你，谁也无法分出一条完整的沟壑。山上的土走到山下，那条清澈的小溪没有了往日的丰腴，逼仄得一只蚂蚁也可以越过。村口那一度鱼虾丰盛的水塘消失了，泥土淤积，被开辟成土。曾经，我在那里用罾扳起过一条条大鲤鱼。绿树环拥、人树和谐的景象只能到过去的记忆里找寻了。

乡村的淤

我家喂养的黑牛牯，在生产队分给我家的时候才两岁，不出三年，就长成了村里最剽悍的雄牛，整个村里谁家的牛也不敢和它斗架。家里有这么一头牛，牛栏大方宽敞，窗户亮堂透光。黑牛牯长得粗壮高大，食用量不小，吃得多拉得多，牛栏里需要铺垫的草就多。每年所有的稻草都用于铺设黑牛牯的牛栏，致使喂养的猪缺草垫栏，一年四季都是湿漉漉的，还沾满了腥臭的猪粪。黑牛牯用的草多，铺垫的草在牛尿牛粪的浸泡下，变成了我们乡下称谓的“淤”。那些淤在化肥还没大肆生产、价格还极其昂贵的时代里，是最上等的农家肥。

为了多一些淤，我们家老少齐上阵，选择茅草丰盛的时节去割草，这样淤就越来越多，不仅肥田，多余的还可以用来肥土。在我那乡下，对待淤也是极为神圣的。每每牛栏里满满的淤已经快腐烂透彻的时候，父亲总是选择农历初一或十五出淤。

出淤是一件力气活，要用钉耙在牛栏里钉上满满一耙，然后人走在前，使劲用手拖起钉耙走，再在牛栏边的空地上一层一层垒起来。一耙两耙还是轻巧，到后面，淤从牛栏里拖上来，需要耗费大力气。拖到空地上再垒上去，也要耗费大力气。

出淤还是一件技术活，整个牛栏里就是一块硕大的淤，如何一耙一耙地取淤，使其不变得零零碎碎，正好一耙一耙全部拖出去，这就需要出淤者好好把握。这个时候的淤没有腐烂透，草茎相连，钉得好，就能完整地成一耙。如果不厘清淤的纹理和结构，乱钉一通，几耙之后就使得整个牛栏的淤支离破碎，只能用箕畚一担一担挑出来。这样挑的话，在乡下是会成为笑谈的。

父亲每出一回淤，全身上下都没得一根干纱，好似从水里刚冒出来。父亲是一把出淤好手，总是出得干干净净，在屋旁堆成一座小山。出栏的淤密密匝匝地拥在一起，继续发酵，散发着热气，还有一股股牛粪的味道。对于淤味，从来没人掩鼻而过，相反吸进鼻子，还要回味一番。因为，在乡里，没有淤这样的农家肥，农作物就没有了生长的力量。

时日一久，淤已经腐烂，在阳光的暴晒之下，变得干脆轻巧。这时，必须把它们担送到田间地头。一年里，担淤成为我在乡下最痛苦的农活之一。往往起头的那一天下来，我的肩膀会被扁担压得青肿，用手轻轻一摸，疼痛不已。可农家的活不是因为你的肩膀青肿，就可以歇息不干的。第二天，继续咬紧牙关挑淤，夜晚我才发现自己的肩膀已经肿得不能再肿。第三天，一担淤在肩，居然不再变得犹如泰山压顶，当然不轻松，可也没那么难以担当。几天下来，肩膀活活蜕掉一层皮。这个时候，力气似乎从体内长出来了，担淤没那么可怕了。

担淤的岁月里，记忆最深刻的是担淤到黄毛岭下的冷水田里去，要翻越一座山，从山这边脚下到山那边脚下。一上一下，一担淤里饱含了多少汗水。农家人不吝惜汗水，才有丰收的年成。每次我挑一担淤，我总是埋头向上，一口气挑到黄毛岭的山顶那块空坪上，才放下担子歇息片刻。站在高处，肩膀在疼痛，双腿发酸，汗水从额头源源不断地往下滴。挑担子是不能坐下来歇息的，必须站着，要不会乏困。这是父母一贯以来的教导。

伫立在山顶，看山脚下火柴盒般大小的村庄，那里面藏着生老病死，很多人在这个盒子里存活一生，在土地上耕作一生，最后钻进一个黑色盒子里了却一生。在这座山岭上下，空手走路都已经艰难，山道蜿蜒，何况还要挑上一担淤。在缝隙里艰难求生存，是农民质朴的本色。我不知前人已经在这条路上苦苦跋涉了多少年，我只知道我的父母已经为此累弯了腰身，花白了头发，还是依旧被生活折腾得喘不过气来，贫困的阴影弥久不散。

淤有间距地堆放在田塍上，双抢开始了，这是农活里最辛劳的活计，不仅要抢收早稻，还要抢时间种植晚稻。节令实在是神奇，早一天晚一天大不同。天还没亮，鸡鸣正起，我们一家老少起床割稻子。割完一丘稻子，天边的早霞才露出灿烂的笑靥。中午烈日当空，浑身大汗淋漓，打完稻子，父母亲挑送谷子回家。我和弟弟负责将稻草一把一把从田里拖到田塍上，然后散淤，把淤一坨一团均匀地散布在水田里。散瘀还算是一件轻松活，但是要注意散布均匀，保证栽下去的晚稻都能吸收到农家肥的营养。

我家的那丘大田足足有一亩五，在田塍边，我们将扬手散得到的地方全散满了。我们只得把一堆一堆的淤推到田中央，然后再往四周散。我们推着一堆淤走，好像推着一座黑色的小岛，身后是深深浅浅的水花。一丘大田，很多的淤散完，我们的手臂也酸得好像不是自己的。不过，散淤也有好玩的时候，我们用淤惊吓那落在田里寻找泥鳅的鹭鸶。鹭鸶飞起来的姿态，如一道白色的闪电，刹那间掠过一丘又一丘田。偶尔，我们不小心把淤散到了彼此的身上，黑色的水汁弄花了我们的脸庞和身躯，我们一点也不觉得脏。

淤散好了，父亲吆喝着黑牛牯进了田，犁起一道道泥浪。那些散落的淤被稻泥紧拥，尔后融为一体，为稻禾输送生长的养分。

我们在月亮已经亮晃晃的时候，栽好晚稻，洗脚回家。那一刻，稻田里发出不约而同的咕咕声，那不是稻禾吸水，那是淤在吸取水分后，慢慢地把体内的肥力稀释出来。有了这些充足的肥力，我们毫无悬念地知道，接下来又是一个丰收的金秋。

烧　灰

北魏贾思勰《齐民要术·杂说》:“四月草茂，可烧灰。”在我儿时的村庄里，草长得又青又长，一个个似初长成的村姑，腰身细软且高挑。这些草拿来烧灰简直是暴殄天物，我和我那些伙伴不顾荆棘划破衣服，将它们割回来喂牛，把牛喂得结实粗壮，长出一身的膘，双抢起来才有力气耕地耙田。父亲在四月里选择一块向阳的小草坪或小草坡，将那些长满马鞭草的草皮连同一层薄薄的泥土，用锄头轻巧地将它们从大地上剥离，均匀地摊晒在四月日趋浓烈的阳光下。不出几日，阳光就吸走了草皮体内的水分。草皮一片焦黄，父亲将它们码成一小堆一小堆，用簸箕一担一担地挑回家，堆放在自家的晒谷坪上。

这时，父亲就会不顾腥臭地清理屋前房后的排水沟。排水沟里淤积着前一年倒进去的各类杂物，还有各种来路不明的垃圾。各种杂物和垃圾混杂，有些酥软腐烂成泥，堵塞水的流淌。父亲弓起身一一把它们用铲子从沟里起出来，堆放在沟两旁。那些淤泥散发出不堪的臭味，夜晚都飘进梦境。不过，它们经不起暴晒，没几天就没得了一丁点气味。这些淤泥一年一度不及时清除，便是滋生蚊蝇的温床。我和我的家人宁愿臭上几天，也不愿受蚊蝇的叮咬。

晒谷坪上依次排列着父亲从山里砍回来的荆棘，还有一些容易着火的松树枝丫，青青的松针晒得金黄，似乎一碰就能闪出火花。一切就绪，父亲在黄昏时候，仔细看看天，南风徐来，明天晴朗无雨。当夜，星星比往日显得更明亮，月上中天，照耀着父亲香甜的梦，还有偶尔的喃喃低语。犬吠如浪，打过村庄偌大的田垄。露水为大地上所有的草木加冕，一派吉祥安顺。

当中午的阳光褪尽前夜的露水，当草皮和沟里的淤积物都变得通体干燥，父亲从屋檐下搬出四块青砖，摆成口字形，在青砖及其周围上铺上焦干的荆棘和松树枝丫。对于蓬松的荆棘，父亲还狠狠地踏上几脚，使荆棘更实地贴近地面，再在荆棘里插入一根手臂般大小的树棒。树棒是防止点火之后燃烧堆里缺氧，父亲好用力抬起树棒，形成空隙让空气进去。父亲先将沟里的淤积物作为第一层堆放，毕竟淤积物松散一些、易燃一些，燃烧起来火力足，第二层的草皮就更好燃一些。第二层的草皮不能一股脑全部堆放上去，要根据先前燃烧的程度，依次添加在灰堆上。点燃最里面最里层的柴火，开始柴火燃得快，慢慢地淤积物着火了。等个把小时，看有火星子从火堆里跳出来，父亲就一簸箕一簸箕地把草皮覆盖在上面，一层一层地燃烧着。最后，火力十足了，父亲将剩下的草皮全部加了上去。接下来，火堆会自燃三五天，其间哪怕是遇到一点点小雨，也不会淋湿，只是火堆上头会冒出一缕缕白烟。

父亲照样去忙别的农事，等到火彻底熄灭了，用耙子把火堆扒开成三五个小堆，散尽热气。父亲从里屋拿出细筛子，细筛子格眼细密，豆粒大小的杂物一律都不能穿过。父亲弯腰筛灰，一个下午下来，全部筛完。那些第一次没过筛的灰土，母亲将它们垒成一堆，用禾杠打上一遍，一些破碎开来，父亲就再筛一遍，最后那些剩余的细粒砂石、灰疙瘩倒进靠近晒谷坪的菜地里。刚烧出来的灰肥力还不是很够，父亲将新灰全部铺到羊圈，让所有的羊在上面踩踏，拉屎撒尿。等到来年开春，种豆种花生种菜，灰以温暖的身躯包裹种子。种子在泥土里发芽，破土而出时吮吸灰土提供的营养。有灰相依相偎，乡村的庄稼和菜园才欣欣向荣，结出的果实香甜可口。

从小到大，我看见父亲烧过无数回灰，父亲在村里也成了出名的烧灰好手。在乡亲们偷懒使用化肥不再烧灰的时候，父亲依旧坚持不懈，这不仅是一种坚持下来的习惯，更是为了省出一分分钱供我上学。高三毕业那年，我落榜，离校之前，我和很多同学一样发泄悲苦，将所有的课本和复习资料全部堆起来，一把火烧了个精光。那一刻，我突然想起父亲烧灰的情境。父亲用烧灰培育出农作物培育了我，而我用烧书回馈父亲的抚育和培养之情。我顿时懊恼不已，泪水在眼眶里打转。回到家里，父亲坐在门槛上，看见我那副落魄的模样，没有多问什么。母亲从灶屋里走出来，赶忙叫我进屋吃饭。吃完饭，我倒在床上，不知睡了多久。半夜起来上厕所，经过父母的睡房。灯没有关，有父母的对话清晰地传进我的耳朵："哪有一次就能成的事情，就是烧灰，也有要烧第二次……"我满怀愧疚，抬头，看见天上的星星寥落，月亮依然皎洁，好像最后一盏不眠的灯。

父亲劝我复读一年，第二年我如愿跳出农门。此后很多年，父亲依旧在乡下烧灰，伺候农作物。那些灰从大地上来，回到大地上去，循环不已。而我也许只是父亲烧出来的一颗灰尘，被父亲扬起的风吹到了这座小城。父亲，选择生养的土地生息，终将栖住村庄之上的青山。可我这个流浪的孩子，若干年后也终将烧成灰。但愿烧成灰也能相认，我们还继续做不离不弃的父子。

第五辑　南方巫韵

喊　魂

暮色迅疾卷走了所有的日光，深沉的墨色如铁锅倒置在天空，村庄里密密麻麻的油灯点起，微弱的灯光照亮方寸屋宇，让屋檐之外的夜色溃不成军。晚归的乡亲荷锄归来，没有带月的诗意，只有长长短短的说话声，如村前的流水一样漫过。偶尔有几只不知名的鸟儿怪叫一两声，待你定睛望去，它们已经隐匿在远处的山岚里，增添夜色深不可测的神秘感。

年幼的我不知生活愁苦地疯玩了一天，此刻坐在家门口的青石槛上，看零零碎碎飞舞的萤火虫。身后的灶屋里，母亲正忙手忙脚地给我们做晚饭，尚未干透的柴火烟味呛得她的咳嗽声和炊烟一并升起。突然，风起势了，对面山林里隐约传来林涛声。萤火虫被风吹得晕头转向，瞬间消失在草丛里。

夜，彻底伸手不见五指。这时，对面的小路响起了喊声：“哈毛儿，回来呀！”“回来了，恰得三碗饭了！”喊声苍老，清凉如水。应声稚嫩，炽热似火。一前一后，一起一落，还有一盏油灯在风里摇曳，隐隐的人影在风里忽长忽短。

目睹这一切，我知道是哈毛儿的奶奶在给他喊魂。我恍惚看见哈毛儿的魂就飘荡在他白发苍苍的奶奶头上，时而向上跃起，时而低垂至发髻。

正惶然不解之际，醒来，发现原来是梦。睁开眼看见的不是乡村的老屋，也不是我小时候了，而是我这座小城的蜗居，已经是为生活奔波的成年蚁族。城里没有真正的黑夜，沿街的路灯将整个城市照得几近白昼。午夜的街道上没有人流，但照旧有车流，KTV、酒吧等场所永远霓虹闪烁，人声鼎沸，无休无止。我想不明白今夜怎么梦见了喊魂，并无来由地被惊醒。

喊魂这类民俗离我远了，城里是不喊魂的。城里的孩子都生活在无微不至的呵护下，如瓷如花，他们是很难受惊吓的。再说他们幼年的生活是由动画、玩具、电脑等现代化组成的，没有乡野的惊险。他们不知道有喊魂这类民俗旧习，也不知道自己有魂。他们是科学的一代，而我这蛰居城市的乡下人，是乡俗的一代。他们不知喊魂、深信药物，我在内心里还坚信古已有之的巫风。

何谓魂？《辞海》注释：“‘魂’，古人想象人的精神能离开形体而存在，这种精神叫作‘魂’。”《易系辞上》：“精气为物，游魂为变。”在科学昌明、医学发达的今天，尽管诸多人认为“喊魂”是一种迷信，但只要想起它，我依然会生出一种久违的感动和温馨。在古梅山地区，千百年来流传着一种古老的“喊魂”习俗。凡小孩、大人因意外被水淹或跌跤，或深夜被鬼影追赶等，吓得惊恐万状，脸色苍白，痴痴呆呆，食欲不振，严重的还会由此变成精神失常，胡言乱语，甚至卧床不起。这种奇怪现象，被人们称之为丢了“魂魄”。家人或亲戚焦急如焚，须想尽一切办法对被惊吓者进行“打扮”，把所谓丢掉的“魂魄”喊回家来。

喊魂的仪式各地不同，在湘西南地区，喊魂方式大抵类似。这类仪式大都由长辈来做，比如小孩在某个地方跌倒了，便备水饭一杯，白天放在火塘边。到了傍晚，无声无息地走到小孩跌倒的地方去，泼了水饭，说上几句小孩不知天命、触犯某神某怪、乞求宽恕、放了小孩魂魄的话，便算完结。在回家的路上，不停地喊着小孩的名字，问“回来了吗，回来了！”的话，喊一声，应一声。回到家里，把大门关上，在小孩子头上摸摸就行了；又比如小孩掉到水塘里，则由大人用一只熟鸡蛋到水塘里捞魂，边捞边喊、一喊一答，回家后，让小孩把鸡蛋吃掉。也有简易仪式，就是在家里神龛面前烧一堆纸钱，祭祀祖先，把祖先请回来，通过祖先的神力驱赶不洁之物，让孩子的魂恢复其体。祭祀之后，只在堂屋门口，由长辈喊孩子乳名，孩子自己回应，喊三声，应三声。

溯源而上，三闾大夫屈原是名垂千古的喊魂者，他以《招魂》喊楚国之魂，哀民生之多艰。从远古至今，历史风云涤荡，多少风华泯灭，自《招魂》肇始，每当国家、民族失散了灵魂而浑浑噩噩，危难存亡之秋，多少仁人志士、英雄豪杰不甘失魂落魄，为民族之复兴呕心沥血，锥心疾呼：“魂兮归来！”吾郡乡贤魏源扎实治学，以敢冒天下之大不韪的勇气和敢为人先、经世济民的精神，给疮痍满目的天朝开出一剂救国兴邦之良方《海国图志》，提出“师夷长技以制夷”的思想。其打开国门、引进外国先进思想与科学技术的学术理念，为近代改革开放理念之源头，魏源成为中国近代史上“睁眼看世界第一人”。

而今日趋物欲化的心灵，又有多少人失却了应有的灵魂，人情冷漠、道德滑坡、信任危机甚嚣尘上。乡野之上的中国藏匿在城镇化中国身后，无数乡村和庞大农民群体没有了自己的核心灵魂，随风飘散，无可寄托。无独有偶，同为隆回籍的诗人李晃在诗里招魂，在歌里还乡，《招魂的短笛》一组诗二十首，字字动情，声声泣血，抒发出工业时代里打工者离乡背井无限的乡愁和无奈的感喟，用诗歌的神圣仪式喊回在别人的都市里迷离失所的魂魄。“孩子，你是一蔸水稻，不管走出千里万里，根系仍然在这一片土地。”

成年后的哈毛几在南方的天空下消失，音信杳无，有说已遭不测，也有说依然健在。这么多年过去了，哈毛几本人再也没回过乡下老家。唯愿其魂兮归来！

神在村庄

在湘西南，村子的每一个人都自觉地笃定村庄有神，神在村庄的每一个角落俯瞰着自己的一言一行、一举一动。人做事，天在看。天是村庄最大最高也最无所不能的神。当村庄有了灾难或者某户人家遭受不幸的时候，很多人会在内心里默默祷告，或仰望苍穹祈求上天的庇佑。而在发生摩擦或者遭受不白冤屈的时候，则会对天发誓。往往至此，再大的事情也临近尾声，不再追究。村子里谁也不敢乱对天发誓，那是要遭受天谴的。传说村里某个人偷了人家的东西，怎么样也不肯承认，最后要其对天发誓，那个人昧心做了，第二天就被雷公活生生劈死了。

敬畏上天，靠天吃饭。村庄里每一个资深农夫都深谙此理，按照千百年流传下来的二十四节气掌握天的时序交替。我的父亲，一个终生躬耕方寸土地的老农人，一年二十四节气烂熟于心，他认为这就是天的旨意在替他安排农事。活在二十四节气之外的我，和父亲最为亲近的谈话往往要从节气入题。那时候，父亲才会展开土地沟壑一样的脸庞，浮现几许对我尚未离宗背祖、依恋乡村的赞许。多年以来，父亲每夜临睡前不论自己多么疲惫，也不管夜多么深了，都要站在坪院里虔诚而静默地抬头望天。望得久了，父亲能从前一夜的天象预测到第二天的天气，八九不离十，他渐渐成为村庄里的气象预报员。人可欺，天不可欺。至今居住村庄的父亲每次打电话都要重复这一句话，我明白他的苦心孤诣，他在警示我在城市里游走，不能迷失方向，不得迷蒙双眼。无论何时何地，都要提醒自己举头三尺有神明。

天之下，是土。土托举起我们生生不息的村庄，繁衍生生不息的人类文明。土能生万物，地可发千祥。这副对联在我们村庄里最广为流传，几乎家家户户的神龛上都贴有。滋生万物的土地和村庄有着深刻的情感。千百年来，土地无私地生长稻粱米黍，养育一代代子民。对天敬畏，对地亲近。如我父亲一样的老农一辈子以鞠躬的姿态在土地之上劳作，汗水流了一季又一季。无论土地是贫瘠的还是丰腴的，每一寸，他们都从不放弃。没多有少，父辈对土地从不苛求，对土地上生长出来的每一颗谷物都有着深情厚谊。

从土里来，在土里去。人啦，都是一颗土粒子，有些轻灵点，飞得高，飞到了村庄之外的地方，有些笨重点，飞不起，只得在村庄里打转。但是，不论是笨重的还是轻灵的，最后，归途都是一样的，都要再次回到土地深处。父亲和我说起这些话的时候，没有多少文化的他，俨然一个满腹经纶的哲学家。是土地赋予了他对人生的深沉思索，是土地赋予了他对生活的真切感悟。

村里的土神庙又建起来了，尽管小小的，却香火萦绕。如今，每次回乡，只要看到土地庙上稀疏升起的烟火，才真切地感受到了老家的气息，也充满对土地的感恩之情。是土地给予人类的一切，可现代化的工业时代，城市的血盆大嘴大呈吞噬之势，栖身之地繁华了，养育之地稀少了。对此，我乡下的老父亲忧心忡忡。一个老农忧又何益？忧又何能？

想起前苏联著名作家索尔仁尼琴说："如果不相信有神，人什么事都做得出来。"我们在心底应该建筑一座神庙，一座人性的神庙。遵循自然规律，顺势而为，有所约束，有所敬畏，我们乃至我们的后人才能走得更远、走得更好。

土　桥

村庄在湘中红丘陵深处，土多河少。相比水乡的河桥，我的村庄里多是土桥。村庄里的路有多少条，土桥就有多少座，准确说来，土桥要多得多，往往一条路上有很多座土桥。正是一座座土桥，才使得村庄里的道路条条都相通。走在路上，永远没有断头。

既然是土桥，桥下就是一个个土坑，而不是涓涓溪流或浪花舒卷的江河。桥也特别简单，往往几根杉木并列，只要有两脚掌宽的距离，乡亲们就能从上面挑担或荷锄轻松地走过。也许，一座新桥你还能看出树是主体结构，可一座老点的桥，你就难以发现，你会以为桥本身就是土做的。乡亲们为防滑，总喜欢在杉木搭成的桥上，认真地铺上从山头或者空地里挖来的带着土的结实的草皮，用不了多久，这些草皮就在树身上长起来，把树牢牢地抓在自己的怀里。不仔细看，还以为是草皮横穿两端，成为天然形成的草桥。一些宽阔点的桥，身上不仅有细嫩的草，还点缀有乡间的野花。这样的桥可谓美轮美奂，走在上面的乡亲，带着丰收的喜悦，不经意间会从粗犷的喉咙里冒出几声原生态的山歌。

村庄里的人对修桥特别热心。什么地方的桥被水冲走了，大家都很上心，不用谁催，也不管是什么季节，哪怕是双抢，也会抽上时间，砍来杉木，重新架好，确保道路畅通无阻。说起某某地的桥是自己架的，说话的人会特别自豪，远比城里人中彩还高兴。

在乡下，一个人一生是要架几座桥的，所谓修善积德。对我从小就疼爱有加的小姨，出嫁后数年仍没生育小孩。有一年，一个云游到村里的和尚对我姨夫说："你要在东南方向架一座桥，你才能有孩子。"姨夫听了，一个人悄悄地在东南方向的原来是河但已经断流的河上，硬是架起了一座结实的木桥。第二年，我的小姨生下一个女儿。第三年，生下一个男孩。修桥能带来好运，带来香火相续。这似乎是村庄里一个不变的信仰。

尽管我早早地离开村庄求学，尔后在外地谋生，但在我短暂的乡村时光里，我和一座桥走得最近。说起来，那座桥是我一个人搭建的，虽然只方便了不多的乡亲。那座桥建在渠道上，渠道在半山腰，有两米来宽。村里很多人家都喜欢在渠道旁打地窖，贮藏红薯过冬。地窖密密麻麻地排列成一行，蔚为壮观。我家的地窖在西南角。每年冬天，农事闲下来，猪牛羊得长膘，必须用红薯喂养。当我放假回来，每隔一天去地窖捡红薯回家成了我的任务。开始，我总是从人家的地窖旁边走，可扔在路边的烂红薯不少，一不小心踩上去，打滑摔跤不说，关键还怕把烂红薯粘在鞋底，带进自家的地窖。母亲说过：烂红薯可是引子，能够把整窖红薯带烂。我对此很小心，当然不愿看到一粒老鼠屎坏了一锅汤，一发现有点烂迹象的红薯就毫不犹豫地选出来。走的次数多了，我觉得还是在自家的地窖门口搭一座桥最好。心动不如行动，正好我家地头有两株棕树老死了，我把它们扛到地窖对面的渠道上，从二叔家借来木锯，量好渠道的长度，然后把棕树木一头摆在渠道上，一头放进渠道里，再跳进渠道，把放下来的一头用肩膀扛起来，搭在渠道另外一端。几个回合后，四截棕木亲密无间地靠拢在一起，一座棕木桥横空出世。前几天，还只是我一个人行走，慢慢地，很多人从上面走过。我看到人家走在上面，心里头有说不出的开心和快乐。原来，我也能够帮助我的乡亲们了。

长假回家，在渠道上闲走漫步，发现自家的地窖已经倒塌，但我搭建的那座桥依旧还在，还能供乡亲们使用。见到它，我如逢故友，唏嘘不已。也许，很多的人已经忘记这座桥最初是谁搭建的，但感恩的乡亲绝对在心底祝福这个架桥的人，这是对架桥人最好的回报，也是难得的福祉。在乡下，一件利人的小事可以让人们铭记很久，一座桥就可以拉近心的距离。

岁月静默流逝，置身喧嚣的都市里，不知什么时候，我们这些来自乡村的移民也学会了心灵筑墙，而不再是搭桥？

别指月亮

那时候，乡村时光很慢。所有的农作物都必须按时序生长，都得拥有阳光和月光的朗照，都得经历风雨的洗刷。特别是冬闲时候，村民们一溜儿在大队部的墙根下面，吸烟的吸烟，说白话的说白话，纳鞋底的纳鞋底。东家长西家短，一阵风一样过了就过了。昨天的那一伙子人今天又聚在了一起，老话题经久不衰，直到夕阳掉进山坳里，直到雪花飘上窗棂。

距离外面的世界很远，古老的传说和习俗不改成色。自小，祖母就告诫我们这些细伢子不要用手指月亮，指月亮，月亮会趁你睡觉的时候，变成镰刀割伤你的耳朵。我们听了，将信将疑，但胆小的确实不敢指月亮。

松伢子不信这个邪，那夜月亮很皎洁，如水泻满一地。我们在月光里玩游戏，嬉笑声响彻整个村子。玩累了，伙伴们七倒八歪地靠坐在一起。松伢子想要在我们面前冲狠，突然伸出手，做出扣动手枪扳机的手势，说，指月亮算什么，我要用枪把月亮打下来。然后，他嘴里发出三声枪响：嘭，嘭，嘭。我们都很钦佩他的勇敢，但很快我们都替他担心，今夜的月亮一定会来割他的耳朵的。

散场，各自回家。我看到松伢子欢呼雀跃地跑进了家门，厚重的木门把月光挡在门外。今夜的月亮一定会翻墙越窗去割他的耳朵，我和我另外的伙伴们都心怀揣测进屋。月亮依旧那么的白，白得有些慈祥，如村里最老的太公爷爷的眉毛。

第二天，我们不约而同地在松伢子家门口集合，等待松伢子带着伤耳朵出来。很快，松伢子出来了，一脸的闷闷不乐。我们拥到跟前，目光齐刷刷地聚集在他的耳朵上。松伢子的耳朵果然有红红的划痕。松伢子比以往任何时候都显得文静，好像做了坏事似的耷拉着头。从此，我们更加相信月亮是不能手指的，更加相信中秋之夜天狗吃月的传说。

有敬畏，才有遵循，才有秉承，才有约束。那时的乡村好比相信手指月亮会割耳一样，相信一些传统的伦理和规则，比如人做事天在看，自然就不会把事情做过分，总得留一点余地迂回。乡村的美好秩序如同大地上的万物一样自然生长。

很多年后，乡村诸多朴素的民间信仰分崩离析，而科技的进步也摧毁了孩童对神话的相信。我说起天狗吃月的故事，我那六岁的儿子嗤之以鼻，有理有据地纠正我的说法。他小小心灵里的想象力被科学无情地扼杀。仰望星空，他们这一代人还能有什么遐想？

在长沙，再次见到松伢子，已经是一个披挂着金项链的建筑包工头。酒足饭饱之后，他边剔牙边说："那时候，我们好傻的，居然相信手指月亮会割耳。其实，那次我说要把月亮打下来，内心里还是充满了惧怕，睡在木板床上，总是睡不着，不停地用手去摸，越摸越红。"我听了无言以对，这个童年的伙伴凭着无知无畏，赚了不少钱，可没得了敬畏心，我不知他还能走多远？

回家的路上，身影被透过高楼漏下的月光照得斑斑驳驳，我还是宁愿相信从前。毕竟，这个世界上，我们还得相信一些什么，尤其是不能去亵渎。

竖　屋

父亲决心要竖一栋红砖房，为此做了数年的精心准备，包括烧瓦、烧砖、打好下脚的石料、预备好必要的木材等，前前后后旷日持久地忙碌。竖屋下脚要选定黄道吉日，当时乡村竖屋的基脚多为就地取材的石头，不像现在多用水泥钢筋灌基脚，石脚就显得尤为重要，基础必须夯实。父亲是远近闻名的石匠，下石脚的仪式颇为隆重。在堂屋正中间安放神龛的地基上摆上香案，置三牲净酒，备香茶、斋粑、豆腐、炮火、烧纸、线香、雄鸡等物什。父亲首先在堂屋石脚位置安稳地砌上一条石，燃香烧纸，念穴煞口诀，然后宰杀雄鸡，将滴血雄鸡沿下脚的四周走一圈，将四角滴上鸡血，再到屋外的道路旁焚香烧纸，欢送各路神仙归位。在祭祀过程中，宰杀雄鸡，鸡鸣越大，预示屋宅越发达，如果雄鸡一声不吭，则寓意不兴旺。父亲做石匠许多年，仅仅遇到一次，那次被宰杀的雄鸡硬是闷声闷气，怎么也不叫，此后那户人家果真人丁寥落。石脚下好，再由砖匠下砖脚，砖匠在下好的石脚上砌三个砖，成品字形，然后照例宰杀雄鸡，滴血绕新宅地周转，这个时候砖匠师傅边走边唱好话：

"雄鸡洒血保平安，顺利施工得祖传。大院座盘安厦殿，财旺人兴贵前年。"在一旁观看的乡亲会回应"是呀"之类的和声，帮助竖屋主人祈福增乐。

父亲累得沾到床板就睡得香甜，一脸的消瘦，但是启明星还挂在天际，他又一骨碌爬起来，在清新的晨曦里准备一天要用的砖、木和砂浆。父亲干了很久，太阳才从山头上放射出第一缕光芒。竖屋一般在十月，乡下此时已经结了早霜。父亲一点也不觉得冷，面对一天比一天竖得高的新屋，充满了精气神。当时，我在读初中，竖屋劳力不分年龄大小，小的出小力。周末，我和父亲一同起床，忙东忙西，细嫩的双手被霜风刮得皱褶，被冷水泡得皲裂，稍一用力，就铮铮开裂渗出血丝。白天干活再苦再累也熬得住，夜晚的活计就不堪重负了。封山育林，砍树是要批指标，可批到的那点指标还不够竖屋一半，别无他法只得夜晚去自家山林里砍伐。一弯冷月在天，山路依稀可辨，山林里不知名的鸟儿冷不丁地发出一声怪叫，加深夜晚的深邃和幽静。黑天走在时而蜿蜒时而陡峭的细径上，身体摇摇晃晃，可为竖屋肩扛一截大杉木，居然也走得稳当。好些次差点滑倒，但又化险为夷。下山的路长且陡，如负千斤，但无法放下歇息，只能左右肩互换，有的时候两肩都感觉生疼，干脆就横在两肩上低头走。好不容易到了竖屋处，身上的冷汗已经浸透衣裳，眉头上都结了一层细碎的干涸物，乃不知是霜还是盐碱。

总算完成了主体工程，只差上梁圆垛了。梁木是很讲究的，不能落地沾灰。父亲早些日子就在山上相好了梁树，和我一人扛一只木马去砍。在我们那一带，一般人家的树再好也不能去偷伐，但是梁木例外，选定后放一挂爆竹，就挥斧砍起来，哪怕主人听到响声知道了，也不能赶去相争。梁木稳稳当当地倒在我事先架好的木马上，父亲削去枝叶，我们一前一后抬回家，再放在木马上剁成方形，在梁木正中位置凿一个长方形小孔，内放文房四宝、茶叶和米，有些殷实人家还放点金银。父亲小时候捡到一块银元，一直珍藏着，此刻派上用场，放置进去，然后用红绸布包扎严实。

上梁前由木匠师傅画梁，在梁中间画一太极图，两头分别写上“乾”“坤”二字，在梁木上洒上雄鸡血。圆垛时，为主的砖匠师傅和木匠师傅分站于堂屋垛子两边，两人合提龙梁慢慢同步上升，到屋垛顶端时同时放下并固定。此时，砖匠师傅在垛顶杀一只雄鸡，杀鸡之前边扯鸡毛边讲好话：“一根鸡毛飞上天，请动张良鲁班仙；两根鸡毛落在地，五方龙神全归位；三根鸡毛飘四方，恭贺主东世代昌；手中金鸡似凤凰，神态非凡有灵气：头顶七星八卦冠，身披五彩霓虹衣；日在昆仑山行走，夜在王母殿前栖。别人拿着无用处，弟子用来念杀祭：一念东方甲乙木，二念南方丙丁火，三念西方庚申金，四念北方壬癸水，五念中央戊己土，念起天煞归天去，念得地煞藏入地。从此所有凶恶煞，皆由雄鸡来担起。鸡血飘红溅在地，华堂生辉无禁忌。主东堂中捡此鸡，人财双发享富贵。”杀好雄鸡，将第一滴鸡血涂于梁树端头，再提雄鸡沿屋顶墙体行走，让鸡血滴遍全墙后回到起点，将雄鸡丢在堂屋内。这时，早已摊开的鞭炮齐放，父亲拿出预备好的喜饼或散钱，从安梁处往下抛撒，围观者不分男女老少纷纷争抢。

圆垛之日，我家兴办圆垛酒，一则感谢工匠们和做工的乡亲为竖屋劳苦，二则宴请亲朋戚友前来祝贺，增加喜庆气氛。鞭炮响了一地响了半天，亲朋戚友和乡亲们都恭贺父亲竖了栋好屋，胜过此前，后来者难及。父亲一脸的喜悦和骄傲，多年来的辛劳一扫而光。入夜，父亲还难以入睡，盘算着要选个好日子过火，一家人能住新屋的喜悦弥漫在老屋上空。

很多年以后，父亲竖的新屋成老屋，但是有它在，我就有故乡，我就有老家。如今那座四进的房子在我进城后成为我精神的寄寓地，无论什么时候回去，它总是给我一如既往的温暖和温馨，不离不弃，不远不近，留在我过去、现在和未来所有的时光里。

神　树

雨夜，闲读纪晓岚《阅微草堂笔记》，看到一段关于神树之威的记载：“清苑张公钺，官河南郑州时，署有老桑树，合抱不交，云栖神物。恶而伐之。是夕，其女灯下睹一人，面目手足及衣冠，色皆浓绿。厉声曰：‘尔父太横，姑示警于汝。’惊呼媪婢至，神已痴矣。后归戈太仆仙舟，不久下世。”掩卷而思，中国的乡土上，日出而作日落而息的农民在稼穑之余，总是热衷于把一些驱邪避灾的美好愿望寄托在民间的一些事物上。我那红丘陵深处的村庄也不例外，例外的是其他地方的神树是榆树或槐树之类的树，而我村庄里独独是村庄对面半山腰上的那棵桂花树，并且是整个村庄唯一的桂花树。

小时候的我总是对此纳闷，天真地以为神树当然是最好的树木，要不，怎么能显灵庇佑村庄里的芸芸众生？况且头发花白的祖母总是对我说，别去爬桂花树折桂花树，会亵渎神树，夜晚会肚子疼。听着祖母那郑重其事的嘱咐，我频频点头，幼小的心灵对神灵充满敬畏。

我从来不敢走近桂花树，生怕自己哪里一不小心就冒犯了神灵，生怕夜晚肚子疼。很多的时候，远远地观看着，看着那巨大的树冠如巨擘，撑起一片庞大的荫凉。那些细长的枝枝相交通，密集的叶叶相覆盖。这是多年无人修剪的结果。换作别的树，早被村里的乡亲砍掉老枝丫，当柴火烧饭取暖。因此，山上除了荆棘丛生的几棵树有多年的老枝丫，其余的都被狠狠地“修剪”过，有些甚至命运多舛，惨遭过度修理，只剩细长的主树干，显得极其孱弱，如营养严重不足的孤苦孩子。遇上狂风，一些树没长成材就被折断，一些树幸存下来，保持向上姿态。桂花树因为多枝多叶，长得并不高，从山下仰望，就像一个雍容华贵的老婆婆，但全身的绿衣裳格外的醒目。有时候，在阳光的照耀下，还有些晃眼。祖母每每看到绿意盎然的桂花树，总是喜上眉梢，小嘴不停地唠叨：“桂花树越绿，村庄越平安，神树在使劲地保佑我们呐！”

长大点，我也敢和大伙儿去桂花树下玩耍了。在树下，我总能看到一堆堆燃尽的纸灰烬，偶尔还能看到没燃完的烧纸。有时候，还有一些香烛和几只瓷碗。这些东西都是村里的乡亲在树下求助神灵保佑，举行祭祀活动时留下的。其实，当时我也总有一点小小的疑惑：为什么来祭祀的总是家里受灾遇难的苦人？他们本来很苦，还要遭灾遇难。而那些稍微富裕的人怎么就啥事都没有，是不是神树也嫌贫爱富？这些想法是断断不敢讲出去的，直到在心底像纸一样燃尽，再被岁月的风吹散。二狗子特别胆大，竟然敢拿树下的碗去装刺莓。来到树下，一粒一粒捏起往嘴里仍，吃得有滋有味。他叫我吃，我连连推开，不敢伸手。

神树给我们这些孩子最大的好处还是避雨。夏天，我们在山上放牛，一阵风从对面山头吹来一片积雨云，风生雨起，一会儿豆大的雨点就径直打了下来。我们急忙往神树下跑，齐刷刷地聚在树冠下。这时候，神树就像一只巨大的母鸡，用它庞大的翅膀护着我们这些叽叽喳喳的小鸡，给我们温暖。当然，神树还有一个最大的妙处，每年八月，它慷慨无私地把所有的芬香都随风送进我们居住的村庄。整个八月，整个村庄都笼罩在清香的巨幔里。辛勤的人们闻着香味撩开雾纱赶往田间地头劳作，闻着香味踏着暮色回家。人们的心情格外清爽，都似乎在无声地享受着神树的恩赐，都特别珍惜这一年一度的美好时光。

几度桂花香悄然飘逝，转眼间我这个孩子从乡土移植到了异乡，但那些浸魂蚀骨的幽香依旧在心原萦回，从不曾消退。周末去城南公园，发现很多桂花树。这些桂花树都离乡背井来到了这座历史悠久的古城，把原本应该撒在无边乡土上的清芬撒在了城市难得的空隙里。城市是霸道的，而乡村是无辜的。想到这，我苦笑置之，转而庆幸我村庄里的桂花树安然无恙，依旧安然若素地守望着它脚下的村庄，把那些难得的芳香全部献给它的子民。

敬　字

目不识丁的外婆有个习惯，但凡看到有字的纸，哪怕是已经皱得不成样子的边边角角，也小心翼翼地平展开来，一点一点地先用手指擦掉灰尘，然后再用手掌一寸一寸地碾平。整个过程，她脸色凝重，生怕一不小心使大力弄伤了一个字。那一个个字好像她挚爱的儿孙，格外呵护有加。有时候，外婆甚至愿意花费一下午时间，将一张别人废弃的字纸弄得熨帖。

弄好的字纸，外婆一张一张地叠压在她那个老式衣柜里珍藏。在当时物资极为贫乏的乡下，上厕所都没得手纸用。我很多次跑进外婆的睡屋，想趁她不知晓偷几张纸去擦屁股。每回如有神助，明明在院墙里忙碌的外婆总会及时出现，一扫平日里的慈爱，气冲冲地呵斥我制止我，无奈之下我只好用早已备好放在厕所墙洞里的竹片。

“出门不弯腰，回家没柴烧”，这是我们那一带乡下童叟皆知的俗语。外婆就不这样子，走在路上，总是东瞧西瞧，只要发现地上有字纸，总是丢下腋下夹着的柴禾，撒腿就跑，或担心那页纸被风卷上了天，或担心吹到了坎下，或担心飘到了水面上。每每捡到一张字纸，外婆都喝了蜜糖一般，舒畅的笑容从脸上的皱褶里迅疾蔓延开来。她掏出随身携带的小手绢，将手绢里包着的细碎角票一股脑塞进口袋，把纸放在手绢中间，然后细细包裹起来，好像那张字纸是一只受伤的小鸟，要为它安顿一个温暖的小窝。这一举动，被村里上了年纪的人看到，忍不住一顿好笑，对外婆说："您这个老家伙，箩筐大的字不认识一个，一张纸看得倒比钱还重。"外婆听到，从来不恼不怒，露出一口整齐的白牙，咧着嘴笑。

见到纸就捡，有回她竟然捡回来一张符，估计是村里唱木脑壳戏时候哪个乡亲贴在牛栏门上，日子久了，掉下来被风吹到了路上。舅舅和小姨一齐笑她："你看啰，这是一张符呢，上面不是字，你也捡回来！"灶屋里切菜的外婆回声响亮传过来："你们哪晓得哦，符也是一种字，还是只有仙人和先人才能看懂的字。"舅舅和小姨无言以对，各自做事去了。

没上学之前，我喜欢到外婆家玩耍。外婆总是一边纳鞋底，一边絮絮叨叨地和我说："军伢子，好汉要用书打底，你进学堂要好好读书，多认字，多认字才有出息！"我听得似懂非懂，次数多了，我觉得多识字肯定是一件了不起的事。外婆和我说这些的时候，大多数情况下还会以自身作教材："你看，外婆我一个字也认不得，连自己的名字都不晓得写，苦瓜蒂蒂青巴巴苦呢！"然后，眼光落在我身上，里面满是殷切的期望。

我都不晓得说什么好，但小小的年纪，讨外婆欢喜还是会的，便鸡啄米一般点头。外婆有时候高兴了，会放下手上的针线活，上木楼从她的石灰坛子里摸出几粒糖，递到我手里。外婆给了我一个有糖的童年，直到我长大，读了些书离乡进城，还依然铭记着那份苦涩生活里溢出来的清甜。

外婆收集的字纸一多，她就会要我用小菜篮子提着，去村口的石塔。说是石塔，其实更像是一个石炉，它有一个直立的大肚子，肚子两侧有一副对联："珍藏天地秘，收拾圣贤心。"外婆要我将字纸一张一张地递给她，她嚅动着嘴巴，念念有词，但我又听不清晰，然后一张一张纸在石炉里燃烧化为灰烬，有些纸变成黑灰了还调皮，随山风而起，落在外婆的白发上，黑白分明。外婆不管不顾，好像是那些纸舍不得离开她。等所有的纸都烧完了，外婆还会拉我在石炉前三鞠躬，这个时候外婆掷地有声地念道："你们这些字啊，都是神灵，多多飞到我外孙的肚子里去吧！"我一脸的不解，但不敢乱问。

回去的路上，外婆告诉我，那个石塔是字塔，专门用来焚烧字纸的。相传清初年间，有一秀才因携书上厕所，随便丢弃字纸于粪坑里，竟得罪神灵遭雷击。于是，乡民纷纷捐钱修建字塔。此后立下禁规：凡有字之废纸都要集中焚烧于塔中，不准随意丢弃。于是，字塔在各乡遍布。听到这些，尽管我尚不谙世事，但内心肃然起敬。

时移世易，此风俗日渐湮没，唯不识字的外婆坚守不渝。而今，我也算是识字不少，一路走来，终成一个小小的刀笔吏。因为外婆的言传身教，对字纸充满了敬畏。年岁渐长的我慢慢明白，敬畏字纸，何尝不是尊重文化、传承文明呢？可是，这种美好的习俗，在这物欲汹涌的时代里，几人还能做到？我满怀愧疚，行走在这座高楼密集的城市里，找不到一处虔诚的焚纸之地。我只好选择碎纸机，每次看到那些字纸被轰隆隆碾得支离破碎，心里就有一股莫名的绞痛。

我想起曾经敬字如神的外婆，无限唏嘘。而今，她已经卧睡在山岗四年之久，字塔正好永远耸立在她的眼帘里。

乘梧而去

土老师教我的时候，已经从代课老师过渡为民办老师。土老师在我们眼里和一个农民没有两样，晒得黑黝黝的，头发也乱蓬蓬的。许多次看到他在土砖垒的讲台上唾沫四飞地教我们认字，我都很担心他头顶那一蓬乱草里飞出一只麻雀来。土老师在讲台上喜欢来回走动，一只裤腿高，一只裤腿低，黑不溜秋的腿肚子上沾着黄泥巴，估计刚才还在田里或土里“修地球”，掐准时间火急火燎地赶来上课。瞧他那来来回回的匆忙模样，让我想起踩到了牛绹的黄牛，左边走几步扯起疼，右边走几步扯起疼，不走又不甘心，于是左左右右地换脚，换个不停。

他恨不得多出几双手来，也恨不得把月亮天天支在他头顶，照亮他打夜工赶各种活计的路。在月亮很好的夏夜里，我们坐在石拱桥上听老人扯白话，天南地北天上地下的奇闻逸事在我们听来都觉得新鲜好奇，但听久了瞌睡虫就钻入我们的身体，听着听着昏昏欲睡。这个时候，有大步流星的脚步声响起，一下扯醒我们的梦。土老师从石拱桥上过路回家，见到桥上歇息的熟人，颔首浅笑，不做丝毫停留，估摸着还没吃晚饭呢。他那长长的影子绳子一样扭动，我们抓紧起身回家，怕第二天起不来上课挨打。

土老师一年到头在春节前后是最有神采的，特意穿着干净衣服，脸上带着酒意未散的红光和大伙儿打招呼，也时不时主动递上孩子们给他带回来的城里好烟。接过烟的都纷纷说好话：“搭帮你，我们也抽根城里的好烟。”土老师连忙制止说：“别介（这）样，一年到头我到你们的屋里喝了几多酒哦！”一番客套之后，土老师揣着好烟走向下一家去，乐此不疲。

年月如草。土老师执鞭的身影晃动在乡村的晨光里，我看到一只野鸽从草坪上葱郁的梧桐树飞上湛蓝的天空，它的翅膀闪着圣洁的光，在高处，在洁净而辽阔的明媚里，特别空旷而幽远。这一幕，土老师估摸也看到了，他凝视了好一会，甚至微微抬起来头颅。

一晃我快要小学毕业了，从一年级到六年级，土老师一直教我。草坪上那两棵梧桐树长得更为壮硕了，树干挺直无节，树皮平滑翠绿，树叶浓密，宛若高擎着翡翠般的碧绿巨伞，气势昂扬。少不更事的我总是喜欢到梧桐树下走走，还附庸风雅地拾起叶子，夹在课本里，当作书签。每每打开课本，都会有淡淡的气息入鼻。作为整个村子里仅有的两棵梧桐树，是谁移植到这里的？还是鸟儿嘴里掉下的种子自己长出来的？这个连土老师也讲不上来。

土老师没少给我们讲古书上的故事，但大抵都忘记了，唯独凤栖梧桐的故事犹如昨天历历在目。土老师一改往日之粗砺，变得温雅，一字一句都带着少有的温柔：梧桐为树中之王，相传是灵树，能知时知令。《闻见录》中说道：“梧桐百鸟不敢栖，止避凤凰也。”《庄子·秋水》篇中有云：“夫鹓雏，发于南海而飞于北海，非梧桐不止。”凤凰从南海飞到北海，其间不知几万里也，它们哪怕再劳累再饥渴，不是梧桐树绝不降落，志气高洁，只有见到梧桐才落下栖息。诗仙李白对此发出“宁知鸾凤意，远托椅桐前”的感慨。这一番话文白相间，听得我们似懂非懂，但都明白了梧桐之高贵。土老师讲完之后，目光透过没有玻璃的窗户，落在梧桐树上。

我们也随之作仰望状，大约有一分钟之久。这是我年少的记忆里最为诗意的情景，以致被时光遮蔽的林林总总，许多已灰飞烟灭，这一幕至今会在某个不经意的深夜里探出触角。

土老师突然逝世，连“千年屋”（棺材）都没有，这可急坏了族老，连夜叫齐村子里的木匠们赶制。锯木声、砍斫声、吆喝声四起，这等阵势前所未有，吸引了不少老老少少观看。赶制到天快亮，为首的师傅发现还少两块主要的底板，这种底板必须要直径大的木板。好些人在土老师屋里屋外搜了个遍，也没有找到一根合适的木头。师傅愁得头大，这时，雷声和闪电就像一匹匹快马，马蹄过处，乌云被击得七零八落，下起滂沱大雨。木匠们赶紧把下好的木料收集到屋檐下，蹲在一起躲雨和想缺失的木料。大雨足足下了两个小时，这不足为奇，出奇的是雷电交加，一阵比一阵凶狠，长长的闪电打在村子的大地上，让人油然而生惧意。

雨渐渐小了，天空也微微露出曙色。族老焦头烂额之下，只得问土老师的近亲们谁家里有大木料，近亲们支支吾吾，估计一来是没有，二来有也不想奉献出来。谁也不吭声，只有坪里的水在静默地流淌。这时，居住在学校的王老师来了，他很惊恐地向在场的人说起：这雷打得太大，那两棵梧桐树都被打断了！梧桐树那么大居然被闪电打折，大伙都觉得不可思议，觉得惊恐不已。族老一拍大腿，这不有了！这是天意，上天给土老师送来的千年屋木料！

上山的路上，人潮拥挤，邻村的人都赶来送土老师最后一程。土老师的棺木只油漆了两次，不够透亮，但谁也不觉得寒碜。每个人都肃穆庄重，步伐沉重，缓缓而行。从送行队伍的后尾望去，那两块梧桐木做的底板好像一只凤凰的翅翼，托举着土老师。

给所有的失去一个温暖的结局：村里的人念念不忘土老师，常常论及他和梧桐的情缘。很多年过去了，村子里再也没有长过一棵梧桐树。

抬嫁妆

堂哥娶亲那天恰巧赶上了下雪，我们湘西南一带的习俗是娶亲男方前一天要杀上两头猪，一头整猪用竹杠抬到女方家里去，专门用来做酒席。一起抬去的还有砍成一块块的猪肉，那是用来“进贡”给女方亲戚的见面礼，那些猪肉一块块用粽叶扎好，上头还要搭上一条二斤来重的鱼，以示隆重和富裕有余。娶亲前一天，只是新郎和送猪肉的几个人提前上门。堂哥那天显得格外精神，头发像抹了猪油一样铮亮，脸上的笑容挤得那几颗青春痘无处藏身也黯然失色。燃放一挂长鞭炮，堂哥一行出家门出村口去邻村八里路远的京溪村。

那时候车子还是稀罕物，嫁妆大多是各式家具，都是靠人去抬回来。女方早就计算好了嫁妆的件数，吩咐男方安排适当的精壮劳力去。那天，村里有气力的年轻男子一个也不能溜，个个自觉上阵。一个村里年轻的男子去得多，说明这村里人丁兴旺，是有颜面的事。

我当时年纪小，才上初二，个子也不高，从没参加过娶亲抬嫁妆，很想凑凑这份热闹。正好那次嫁妆多，人手显得不够，我就自告奋勇向伯伯要求去。伯伯出乎意料地答应了，并且嘱咐去接亲的一行人照顾我，让我和另外一个矮个子先理抬一个小箱子。算好时间，我们去接亲的大队伍出发了，按照乡下习俗，去抬嫁妆的人要赶到女方家吃酒席。我们一行走在路上，个个都很兴奋，七嘴八舌说着一些趣事。风加剧了寒冷，踩在雪地上的脚印横七竖八。很快，就到了目的地。放一挂长长的鞭炮，我们进了新娘的屋门。酒席热腾腾地开始了，男女老少举杯接盏、觥筹交错，人声鼎沸，吃得好一个闹热。我匆匆吃完，放下碗筷就去坪里找最小的那个红木箱。这个是小窍门，出行前父亲告诉我的，不早点吃完，小件的都会被人家选走了。我和先理七手八脚咬牙切齿地把小木箱扎实绑在抬杠上，那些家伙才酒足饭饱地从屋里出来。大立柜是嫁妆里最高最重的，最难抬。这个活计一般都是大猛子和二猛子俩的专属，他们俩个子高高，力气在我们周边是出了名的大。乡村的哲学是不会亏待每一个下大力气的人，大立柜里的纸包包有两个，里面不仅有花生，还有平时难见的糖果。而其余的嫁妆里一般是一个小包包，多半是花生或葵花籽。不仅如此，大立柜里还放有两个红包。包包里的食品是给抬嫁妆的人抬累了、力气疲乏了时用来补充能量的。

我们等了很久，新娘还没出来。新娘在告别父母和亲友，出门时哭得稀里哗啦，一把鼻涕一把泪，这是我们乡村的哭嫁。哭得越伤心，表示新娘越孝顺。哭过了，祝福过了，我们接亲一行浩浩荡荡上路。这个时候，最恼火的就是我们同行来的请客先生了，请客先生一般是能言善道者，遇到难题能机智化解。女方村里的大小孩子趁机把请客先生团团围住，不让他走，要走也行，必须给糖果或红包。请客先生一开始要不停地说好话，好话说一堆才象征性地掏出糖果，小小屁孩拿到糖果就一哄而散。可那些大点的孩子明白得很，继续围住不让请客先生走。请客先生眼观六路耳听八方，推推搡搡到村口了，眼见人员也没有陆续增加了，就使出最后的撒手锏，把一个大红包往旁边的空地里一丢，抽身就跑了。

一开始，我和先理合不上步伐，一个小箱子被我们俩抬得晃悠悠，忽前忽后，忽左忽右，一前一后。不一会，我俩就上气不接下气，脚步凌乱，汗水都冒了出来。雪地上到处是我们深深的脚印，让后面的人嗤笑不已。我们只得放慢步伐，慢慢磨合，两里路之后，我俩就步伐整齐了，小箱子也稳稳当当的。这时候，我才有多余的心思打量周边，路过的各家各户男女老少都在注视我们这一行，重点是数嫁妆的件数和看漂亮的新娘子。堂哥是满载而归，不仅嫁妆件数在当时空前绝后，新娘子也特别漂亮。嫁妆艳羡了不少待字闺中的女子。大约走了一半路程，我们停下来歇息。我回头一看，一件件红彤彤的家具立在白花花的雪地上，红白相间，温馨无垠。太阳也有成人之美，放出淡淡的阳光，光晕打在雪地上，打在我们微汗的额头上，打在新娘羞涩的脸庞上，一切都显得妙不可言，美不胜收。吃着包包里的瓜子，馨香弥漫心房。歇息中，力气慢慢爬回我们的体内，我们一鼓作气抬起嫁妆往前走。路上，有吱呀吱呀踩在雪地上的声响，也有人恶作剧突然停下来，后面人始料不及，撞在一起的笑骂声不时响起。进了自己的村口，村口早已经站满了看热闹的男男女女，一个个指手画脚，或在数嫁妆，或在看新娘，开心得好比自己娶亲。喜庆的气息溢满一个村庄，那是另外的一场雪，透着温暖覆盖大地。

进屋前，新娘站在门口，村里德高望重的老者念念有词，杀雄鸡进行祭祀礼仪，祈求无灾无难、平安幸福、子孙满堂。然后，新娘子由一位贤惠且家里子孙满堂的婆婆擎伞，在新娘头上一张一收，连续三次以压煞，再跨过门槛进屋。至此，鞭炮密集地响起，又一场酒席盛大开幕。天上的太阳露出更深的笑容，乡村还有身前身后的山峦都是披着洁白婚纱的新娘，一脸的幸福安康。

第六辑　养活一团春意思

养活一团春意思

这些年来的迁徙流转，离亲切的乡村越来越远了，离地气喷涌的泥土越来越远了。初栖长沙，路更宽，楼更高，人更密，声更嚣。躬耕于故纸堆上，夙兴夜寐，不知季节已变换。

倒是微信上熟悉的、不甚熟悉的朋友都在晒图或吆喝今天去看油菜花明天去看桃花，更有毛院同学不顾旅途劳顿特意去武大看樱花，我戏谑她帮助武大每一朵樱花实现观看十万游客的梦想。

油菜花在春天里是极其喧嚣的，铺天盖地，流金溢彩。我从小在油菜花地里摸爬滚打长大，迄今断然没有驱车前往之雅兴。桃花不如油菜花那般铺张，在村前村后屋前房后总是不经意地伫立着数棵，遥相呼应，相映成趣。每到花期，桃花让平素一本正经板着脸的村子浮现出几分羞色。桃花依旧笑春风，年年岁岁人不休。看桃花者，大抵还有不老的青春情愫捻不断。痴想桃花灿烂，于我这等所谓尘满衣之人也是梦里依稀不得见。

然而，自诩一介读书之徒，不去乡间地头，不去桃花源，更不去东湖樱花林，或看窗外春雨丝扯不尽，或观春阳暖暖照楼宇，或听雷神轰隆驱剩寒。一盏孤灯之下，徜徉于浩瀚的文字里，无限的春意还是不由自主地活跃于心间，腾挪于心原，终至于脑际，初始如蚕蠕动，后如蝶翩跹，不禁弥漫于身心，洋溢于陋室，无意间应了“养活一团春意思”。

姑且不论前朝多少咏叹春的佳作华篇，单是我在这个春天信手拈来之枕边书里，卧听潇潇夜雨的郑板桥老先生从江南胜景里徐徐而来，一襟衣袂迎春风，逃离丑恶官场之纷争，脸上刻满了冬之严肃和萧瑟，仍然春风万里不忘寸草心意。老先生还是被春之生机涌裹，面对无限的明媚春光，触景生情，即兴吟出一首《春词》：“春风，春暖，春日，春长，春山苍苍，春水漾漾。春荫萌，春浓浓，满园春花开放。门庭春柳碧翠，阶前春草芬芳。春鱼游遍春水，春鸟啼遍春堂。春色好，春光旺，几枝春杏点春光。春风吹落枝头露，春雨湿透春海棠……总不如撇下这回春心，今春过了来春至，再把春心腹内藏。家里装上一壶春酒，唱上几句春曲，顺口春声春腔。满目羡慕功名，忘却了窗下念文章。不料二月仲春鹿鸣，全不念平地春雷声响亮。”全词共计 56 句，却嵌有 68 个“春”字，可谓春之繁复，将春暖花开时节天地间一片生机盎然，春光明媚的阳春景色描绘得自然流畅，淋漓尽致。

近现代作家里，春之文最负盛名莫过于朱自清先生的《春》篇，那种蓬勃浩荡之生气，描绘之活泼充分彰显于其间，成为写春之绝笔。一粒粒生动的文字简直就是一个个春天的娃娃，可爱之极，调皮之极，叫人看之不舍，离之不忍，悄然褪去成年之沉沉暮气。

“春天必然曾经是这样的：从绿意内敛的山头，一把雪再也撑不住了，扑哧的一声，将冷面笑成花面，一首澌澌然的歌便从云端唱到山麓，从山麓唱到低低的荒村，唱入篱落，唱入一只小鸭的黄蹼，唱入软溶溶的春泥——软如一床新翻的棉被的春泥。”目及张晓风先生这等古意犹存的美妙文字，不由拍案叫好，被这文字的魅力推至故乡山川原野之间，臆想目睹春天必然的到来，想不春意汹涌都不可能。

人生在世，财穷不要紧，时少亦不足道，“养活一团春意思”，其实不在此时、此地，而在于此身、此生，足不出户，身不去野，与文为伴，照例拥有盎然春意，照例“撑起两根穷骨头”。

打糍粑

一年到头毫不起眼地蹲在屋檐墙角，石臼不发一语，一张大嘴深深地印在大地上，只有年尾打糍粑时，我们才会想起它。

母亲将淘刷洗净的上好糯米用大火蒸，趁还没熟之前，要我将石臼刷洗干净。我提上一桶水，将石臼一年沉闷得起霉的嘴细心地刷上一遍又一遍，丝毫不敢掉以轻心。石臼露出一口青青的齿牙，我小心翼翼地挪动，直到它登堂入室。旁边放一只储水一尺深的大水桶，打糍粑用的杵棍绷着铁青的脸色立在里头。杵棍是一等一的硬木做成的，材质紧密，轻易不会散落，否则糯米会杂以木屑无法食用。

打糍粑是个力气活，一人一根木槌，对立站着。母亲将一小竹筲箕的糯米倒进石臼，两人各自从水桶里抽出等待已久的杵棍，晃动几下甩掉带上来的水。起先，要用杵棍使劲将糯米饭捱烂碾碎。当糯米开始彼此聚集一块，两人向上举起杵棍，说时迟那时快，狠狠地冲下去，打在糯米团上。你一下我一下，此起彼伏，两人还相应和地发出一声“哦嗨”。

打糍粑还是个技术活，讲究也不少。一是速度要快。两个人对着石臼，各站一方，手中的杵棍打下去要快，收起也要快，免得棍子和米粘在一起。二是眼色要好。两人的节奏要掌控好，出棍要准，不能打乱仗。若将杵棍砸在对方的杵棍上或石臼上，不仅虎口震得生痛，杵棍也易龇牙咧嘴，甚至脱落木屑，导致糯米“受污”。两人还要心有灵犀，两根杵棍都要打在同一个地方，这样糯米才能打得瓷实，打得通透。三是耐力要足。趁热打粑，越快越好。倘若时间一久，米饭变冷，不仅难以打烂，而且变硬难以“印花”。但打糍粑也是一场小持久战，一般都是两三户协作，必须保证足够的耐力，用力要均匀，不能一上场疾风骤雨噼里啪啦急于求成，几场下来就力气耗尽了，软绵绵、疲沓沓跟不上趟。四是翻动要匀。要不时用杵棍将糍粑撬起翻动，务求每一处每一粒糯米都捣碎。否则，有些没打着的仍是饭粒，粗细不一，影响糍粑的口感，也不利于糍粑“塑形”。

一场糍粑打下来，两人都难免额头出汗，一臼糯米被打成了黏糊糊的一团。两根杵棍架起来，搁到撒了米粉的大团箕。祖母用准备好的草绳子，用力扯下已经打好的糯米团，然后再将其拧成大小均匀的小坨坨，分给围在四周的妇女孩子。妇女孩子将小坨坨压成圆团，按在刻有各色花纹的印板上。一时之间，只见两手翻动，右手指配合左手大拇指和食指，转着捏动一会，一个又圆又白的糯米糍粑就平整地覆在印板上。从印板里拿出来，有条不紊地排放在晒席上，等温度散尽，就硬得有模有样，散发着几分俊俏之气。

每年上场打糍粑，辛苦是辛苦了一点，但也是很荣光的。因为在村里只有你会打糍粑，大伙儿才会正式认可你长大成年了，是个十足的劳动力了，从此不再视你为细伢子。

糍粑很好存放，为防止干裂开拆，只需放入大缸里用冷水浸泡，要吃时捞出。定时换水，糍粑可吃至端午。糍粑吃法很多，可烤、炸、煎、煮，口味各异。炸了、煎了，蘸糖、酥麻糖粉吃；煮甜酒冲鸡蛋、煮蔬菜鲜汤吃，食用方便。遇上农活趋紧，干活回到家，煎、煮、烤择取其一，短时间内均可填饱肚子。

记忆里，最好吃的糍粑是复读那年，阳春三月，室友回家带来一些糍粑。半夜之际，我们在寝室用“热得快”煮熟，撒上一些白糖，各个吃得津津有味。这一场景，后来在我们聚会时，一次次被我们回味，一次次咂舌，当时的糍粑之香味怎么就那么沁人心脾。

时至今日，唏嘘祖母坟头青草已荣枯三载，不经意间我退出打糍粑行列亦三年矣。

熏腊肉

母亲开春捉来的小猪，经过细心喂养，已经长成了壮猪。父亲和叔叔、舅舅将它摁倒在两条大板凳上，寒光一闪，锋利的刀子一进一出，猪血喷涌而出，猪哼唧几声很快无声无息。接下来，舅舅把年猪吹胀，开水浇淋，细刨干净，便开膛取出杂碎。杂碎有猪肚子、大肠、猪肝等，分类保存，留到过年做团圆饭和正月招待客人。然后，将猪肉一斫为二，搁置在大门板上。猪肉很多，一般很少卖，因为要靠这些猪肉熬油供一年食用，还要剁一块块“人情肉”，分别送给亲戚们。过年和送人情的猪肉留足，剩下的全用来制作腊肉。

母亲把猪肉切成许多小块，每块大约三斤的样子。腌盐时，母亲特别用心：盐少了，肉容易变臭或寡淡；盐多了，肉容易苦咸变味。每一块鲜肉边边角角、沟沟壑壑都均匀抹遍，并来回反复揉擦。再把每一块肉肉皮朝上、肉朝下，有条不紊地叠放在腌坛子里。一般腌上五六天，每天翻动一次，防止鲜肉由于腌出来的水汇聚一处而变质，再在每块肉上端扎个口子，用粽树叶子串成肉条，挂在通风的屋梁上。寒风不肯歇息地吹彻，水分一点点滴干。母亲再一串串从屋梁上取下来，整齐地穿在一根木棍上，吊在灶屋的火塘上。头几天需要猛点的火力熏烤，蒸发肉里还较为丰富的水汁，慢慢就只需在烧火做饭时有火烟烘焙就行。

腊肉要特别好吃，还得在烘烤过程中费点心思，不管不顾是出不了美味的。母亲在熏腊肉的日子里，会择选枫树枝或松树枝生火煮饭做菜，那些木材的芬香随青烟缭绕，慢慢渗入肉内，一天天越积越多，越多越浓郁，越浓郁越风味。眼看着肉成了金黄色或金黄里略透出些许黑来，金灿灿黄艳艳的腊肉便制成了，用铁丝笼子装起来，悬挂在火塘的最上头，柴火的余温依稀能抵达，柴火的烟影能够包裹，平心静气地相处，只待我们需要时取用。

腊肉挂在火塘上久了，担心烤成了铁疙瘩变质，母亲会一一取下来，用报纸包裹好装进蛇皮袋子里，放进稻仓里贮藏，一年下来也不会生霉变味，香味依旧藏在里头不走散。

正月过去了，二月也过去了，三月开始农家忙，这个时候，体力消耗加剧，需要补充能量，腊肉便从火塘上走向餐桌。母亲用淘米水把腊肉淘洗得干干净净，切成厚薄一致的肉片，和干红椒一块炒熟，其色泽分明，肉身干爽，皮韧而不硬，切面红艳光亮，腊香浓郁，瘦肥适度。肥肉油而不腻，肉皮嚼味无穷。若佐以乡下自酿的米酒，大块吃肉，大碗喝酒，俨然梁上好汉会聚一堂，其乐融融其情切切。一顿腊肉吃下来，身上又长出了力气，眼睛又恢复了神采。饭毕，该干什么农活就干什么农活，顺风顺水，事半功倍。

尽管柴火腊肉貌不惊人，但是它同样具有乡下事物的普通品质，那就是能够群处和谐，共生共荣。因此，柴火腊肉炒苦瓜，能够去其苦；炒青椒，能够减其辣；炒猪血丸子，能够化其硬，可谓百搭生香，或炒、或蒸、或炖皆成佳肴。

关于柴火腊肉，我永远都不会忘记。那时正上初二，从寄宿学校回家，时至端午，正好青椒长成。跑进堂屋，母亲端上一碗青椒炒腊肉，我伏下身子，席卷风云，狂吃猛咽，瘦肉不塞牙，肥肉不腻口，青椒微辣开胃，越吃越香，越香越吃，一块接一块，一碗接一碗，最后是菜碗空了，半鼎锅饭没了。

我肚儿圆滚滚，心儿乐呵呵。母亲见了，不胜惊讶，开心地笑着说，这崽崽吃饭长了。那是我平生放开肚皮吃得最多、吃得最欢的一次，从此再没有过那么大的饭量，故而记忆最为深刻，恋恋不忘柴火烤出来的腊肉。

现今，腊肉大批量进城，但大抵是急火快熏，缺少了以往的精心细作，缺少了那份乡村的淳朴民风和风情，没得了柴火用慢时光浸淫的悠长韵味，没得了从年头到年尾的殷切期待和渴念。腊肉外形仍为腊肉，但是已经失却了内在的品质。腊肉终究还是母亲亲手熏烤的好，留存在我的味蕾最曼妙之处。

做丸子

那时候，乡村还很简朴，一溜儿的青瓦黄墙，鸡犬相闻，幼儿满村闹，农夫荷锄归。所有人都树一般扎根在村里的贫瘠土地上，年年岁岁，春种夏播秋收冬歇，也刨不出一家人的衣食温饱。至今我仍记得一年到头都吃不上几回新鲜肉，嘴里能淡出鸟来。于是，小孩盼过年，从年头盼到年尾。一年之中，唯有在过年前后，可以解口腹之欲，享美食之快。哪怕再穷的人家过年，也得蒸酒做糍粑，也得打豆腐做猪血丸子，要不年就不成个年样子和没得年味了，要不辛辛苦苦一年就没得个盼望和奔头了。

豆腐是前一夜母亲熬夜打好的，这会儿正躺在方方正正的豆腐匣里酣睡。母亲从侧屋里的石磨架上搬下磨石，压在豆腐匣子上头，豆腐受到挤压，体内饱含的水不急不缓地渗到地上。母亲要做猪血丸子，如果豆腐水分太多，肯定是无法弄碎成团的。适度去掉豆腐的水分，这是做丸子的头道工序。

我被杀年猪的号叫声惊醒，钻出温暖的被窝，听母亲的招呼到隔壁春伢子家里去接猪血。接过母亲递过来的大菜碗，踏着年关的白霜，呵着热气侧进春伢子家屋檐下。年猪被大人们从猪栏里拽了出来，几个大人一声吆喝就把肥猪提上了预备好的两根大木凳子上，杀猪师傅将猪头往下一按，手起刀快，捅进猪喉，刀子往后一退，猪血喷涌而出，飙进凳子下的搪瓷脸盆里。见猪血出了一会儿，我赶紧走过去，将菜碗递到猪头下，很快接了满满一碗，然后小心翼翼地往回走，丝毫不敢有所闪失。

迈着细碎的步子走进自家的堂屋，母亲已经把过水后的豆腐一股脑儿地摊在竹匾上，白花花的一片。接下来，母亲把猪血、辣椒粉、五花肉、盐、香叶等佐料和豆腐混合在一起，用手细心地捏碎拌匀。这可是见功夫的时刻，来不得半点马虎，猪血拌匀，丸子颜色才好看；五花肉拌好，吃起来的丸子含肉油才香。关键还是水也不能太干，太干了，丸子容易裂开缝。太湿了捏拌后做成的猪血丸子，难以成统一造型，各展其态，没得观感。母亲是做猪血丸子的高手，技术娴熟。很快，一个个猪血丸子血色亮泽、通体饱满地端坐在竹匾里，接受母亲一遍又一遍检阅。

一匣豆腐一般做八到十二个猪血丸子，太大不容易烘干，太小就烘得太干，会紧得像个铁疙瘩。烘烤丸子，特别讲究。用太阳晒干则龟裂干燥，生硬硌口，其味道不纯；用煤火烘干则坚硬有如石块，且煤气熏入其中，足以败味。猪血丸子自始至终，用半干柴火，以适度火量，在半月左右时间内烘干。烘干的柴火也很讲究：以松树枝熏烤，则色泽最好；以赤木枝熏烤，则柔软恰当；以枫树枝熏烤，则质地较为干脆；以柏树枝熏烤，则可以添熏香。如几种柴火搭配熏烤，仿若中药配方，可达几种效果。

母亲做的猪血丸子味道特别地道，还得益于父亲用铁丝扎的一个铁笼子。把新鲜的猪血丸子放在笼子里，悬挂在灶台上，起先放得低一点，火苗儿踮起脚尖够得着，几天后就挂高一点，以免火力持久过猛，干得太快，外焦里嫩。再后来，就挂到一人多高处，日日夜夜有火气相伴。

特别是夜晚，母亲生怕猪血丸子“挨冻”，特意烧一些硬柴，比如栗木，这样子一整夜都不会熄火。温暖围裹里的猪血丸子慢慢变色，慢慢氤氲出香，吃起来脆而香，酥松味美，成为一年中难得的佳肴。

烘好的猪血丸子，看起来黑不溜秋的。正如世间以貌取人不足取，以貌取物亦不可。猪血丸子和乡村一样看起来黑黝黝的，但是内里是蕴藉的馨香。猪血丸子吃法可以多元化，最简单的是用把丸子放入锅中，与清水一道煮熟后切开即可食用。亦可与熏肉、腊猪肠、猪舌切成片、拼成盘，放入锅内共同蒸熟，那是一道极好的下酒菜。凡是异地到邵阳者，好客的东道主必定点猪血丸子蒸腊肉。此时的猪血丸子变得油而不腻，还保持着豆腐的清香，保留着些许的硬度。品尝者只需稍稍用力轻嚼，顿时齿颊生香。

在我有关乡村的记忆里，还有一种特别的混炒美味萦回。清明时节，为先人挂青，祭奠亲人，顺便在旁边的田地里扯几把葱茏的野葱，带回家摘折干净，和猪血丸子一起煎炒。绿意盎然的野葱，红色鲜艳的丸子，色泽分明，入口则满舌生津。桌上的人都纷纷争而食之，很快只剩下空碗。很长一段时间里，这道菜成为母亲的保留菜品。

而今，几番辗转，为稻粱谋，离乡日久，母亲也随我蛰伏小城。我坚持年年回老家挂青，母亲晕车，很少一同回去，野葱炒猪血丸子很难再吃到，只能在梦里细细回味。

爆米花

一个夏夜，我在临街的书房里，翻阅《皇天后土》，正被牵引不绝的乡愁包裹得密不透气。突然，一声“嘭”平地炸起，升到我七楼的书房还余威不减。我一怔，还以为发生了啥事故，放下书本，伸头寻视。天啦，我惊讶不已，楼下居然来了一个爆米花的师傅！爆米花的是个老人，正蹲在地上往炉架下添一小块一小块的柴火，准备爆新的一炉。老人身边围了一些男男女女，好像在看什么稀奇。也有不少人看到这种现爆现卖，很有兴致，买了一袋边吃边瞧。

久违的场面，温馨而迅疾地跃入我的眼帘，打开我储存的记忆，一股浓郁的米花香扑鼻而来。

淡淡的冬阳下，晒谷坪上妇女们坐在小板凳上纳鞋底，长长的细线在手上窜动，腾起小小的线花。还没开始烧制的土砖墙下，上了年纪的老人大大咧咧地蹲着，闲聊着一年农事，那杆上了岁数的水烟筒里烧着村子里种的旱烟，各个接到自己手里就美美地吸上一口，再击鼓传花一样递下去，谁也不嫌弃谁的口水，有时候烟吸完了话题一时也接不上了，便各自眯缝着眼，眺望寂静的田野以及对面的青山。老人们都知道自己离天远了离地近了，指不定哪天就从山下的村子搬到山上的村子里去了。像狗一样不安分穿过来窜过去的是我们这些细把戏，在柴垛间打滚嬉耍，头发上粘着草屑，整个头上热气腾腾的。如果我们疯过头了，大人们在边上会呵斥几声。我们赶紧离大人远一点，继续疯吵疯闹，那种癫狂劲儿更显肆无忌惮。突然一声“爆米花啰”从村口随风传来，我们立马从各个角落里围聚到晒谷坪，晒谷坪是爆米花老师傅的固定据点。

爆米花机是一个黑乎乎的铁炉，那模样像极了我在百看不厌战斗片里看到的日本鬼子飞机上投下的炸弹。爆米花老师傅总是慢条斯理地先将黄灿灿的玉米缓缓地倒进那漆黑的铁炉，捻起一点糖精丢进去，然后用扳手将盖子牢牢地扣紧，两头架在支架上，一手摇动着黑罐反复地烧烤，另一只手拉动着“扑哧”“扑哧”的风箱，时不时添上一些木柴或火炭，身子不紧不慢地一仰一摆。玉米在炉子里摇啊摇，翻来覆去，上下颠簸，承受着高温的煎熬，慢慢膨胀开来。等到老师傅做逆时针摇转时，他就取下炉子，一只脚踩着那个黑罐的一端，另一端套上用麻布袋缝制成的大兜兜，一扳炉盖，“嘭”一声响，一股蒸汽带着热浪升腾起来，而玉米粒膨胀成白花花、热腾腾、香喷喷的爆米花，欢快地跳跃着奔跑进了口袋。

空气中顿时弥漫着米花的甜香。孩子们轰然拥上去，分享着第一锅米花。第一锅是老师傅免费给大伙品尝的，在这种香味的诱使下，我们这些小屁孩都会一溜烟地跑回家去，问父母要玉米和几毛爆米花的钱。那时候，实在没得钱也不要紧，可以给老师傅一定量的米做爆米花的工钱。因此，在村子里，哪怕是最穷的家庭，爆米花都不成问题。于是，爆米花成为孩子们最喜欢的零食之一。

在我眼里，我从来不觉得邋里邋遢的老师傅只是一个爆米师傅，而是觉得他是一个心灵手巧的花匠，只是这些花朵的绽放，需要发出一声声嘭嘭，这些花才开得这般热烈，开得这般彻底，开得这般香透。在花开的那一瞬间，老师傅还喜欢叫上一声嗨，嗨完之后，成千上万的玉米花呈现在我们面前，走进我们垂涎三尺的嘴里，进入我们被馋虫勾得一上一下闹腾的肚中，带给我们甘之如饴的美味。那时候，我觉得爆米花老师傅穿村走户，见多识广，特别是他后来带的那个徒弟不像他那般黑魆魆，长得很标致，很招村里姑娘们的欢喜。

记得上学时，老师布置写那篇经久不衰的作文《我的理想》，我的同班同学孙刚写要当解放军，李雨说要当科学家让稻禾上面结稻子下面长芋头，王小华要当供销社的售货员，而我写的就是立志做一个走南闯北的爆米花匠，被我那读过私塾的民办教师在课堂上一读，成为一时之间的笑谈。多少年过去了，我们的理想呢，都或多或少地实现了。孙刚如愿当了解放军还是海军，但没来得及实现理想就在一次水上演习中殉职；李雨如愿读了农业大学，成了农科所雪峰蜜橘的研究专家，大大提升了蜜橘产量，这和当年的理想还沾边；王小华如愿当上了售货员，但提前下岗在家自己开起了大型超市；而我呢，倒也成了一个工匠，不过是一个地道的文字匠，我觉得和我当年的理想也还是息息相关，那些笔下流淌出来的粒粒文字，都是我用心炸开的玉米花啊。

楼下的爆米花老师傅生意很好，夜夜如期在那爆，慢慢我也习惯了在一声声嘭嘭中看书写字，偶尔休憩时候，也注目一阵子。有一天夜晚，突然下起了雨，雨很急，一座城市顿时失去了应有的从容，行人惊叫声四起。我看到老师傅慌慌张张地收才摆列好的爆米花工具，那一刻我真想冲下楼去帮助他收拾，但我又迟疑这会不会很突兀，犹豫间老师傅淋了一身雨。我有些懊悔自己的优柔寡断，此后老师傅再没有出现在楼下。

米花朵朵，开在我怀念的眼眸里，开在我辽远的心原上。爆米花的老师傅，明年夏天你还会来吗？

好　酒

2013年国庆前夕，中稻收割完毕，很少进城的舅舅，居然来到我家，带着一袋子衣服，说要去市中心医院检查身体。如果有必要的话，准备住住院。

那天，我下班回到家里，夕阳正西下，斜晖打在舅舅的身上。舅舅的脸在夕光里有些发白，这张脸还不那么老，才六十岁。舅舅历来讲究吃，有点啤酒肚，脸上的皱纹既不深也不密，不像我父亲的脸庞那般沟壑纵横，弥漫一道道时光的沧桑。

“不知怎么搞的？我收中稻挑担谷子上楼房平顶去晒，双腿疲软，双眼发晕，挑上去中途还要靠墙扶着歇息歇息。”舅舅半是不解半是忧伤地对我说。

以力气大著称的舅舅，为人热情仗义，从不吝惜力气，遇到乡村里谁家有重大力气活，只要吱一声，他就会放下手上的活计，风风火火地赶去帮忙。帮忙的时候，哪怕是冬天，咬牙使力，热气腾腾的脑门上直冒汗，但是他用手一抹，不顾沾上脸的泥灰，照样或抬或扛或搬或推。

每次力气活干完，主人家自然少不了好酒好菜招待。舅舅总是喝得红光满面，谈笑间意气风发。

舅舅出力来者不拒。舅舅喝酒来者不拒。刚从东家出来，赶到西家，又是一番开喝。那些年里，舅舅的力气如井使不尽。那些年里，舅舅的酒如池喝不完。一天到晚喷着酒气，一天到晚干活不停。

我能感受到一个浑身是力的汉子力气突然匮乏下来的悲伤和无奈，他甚至对我摆在桌子上的名贵酒都失去了兴趣。我安慰他没事多喝点，他才勉强喝了一些，但很明显他没喝出酒的芬香，倒是品出了几分苦涩。

曾经那么丰厚的力气正聚集着从他的体内撤离，慢慢留给他一个空荡荡的身躯。

我有一种不祥的预感。我面前这个我内心里充满崇敬的男人说话不再如打雷，走路不再如风，喝酒不再如牛，深切的悲伤无言地在我的内心里翻涌。

第二天，带舅舅去做全身检查。检查中，医生神色凝重，乜了我一眼。我的心一下从悬崖上掉落下去，怎么也不落地。我只得叫舅舅先回我家，他有些不愿意，想自己看看检查结果，但看我坚定得不容商量，就没有多说什么，和父亲一块提前走回去。

拿到检验结果，我蹲在窗口下的墙壁无声痛哭。没有人在那一刻关注我的痛苦，来来往往太多的人都有病痛。良久，我勉力站起身来，抹掉泪水，给表弟们一一打电话，泪水不断地流过脸庞。

到家里，我强颜欢笑，强作轻松，若无其事地和舅舅打招呼，将买到的药品装进他带来的旅行包里。舅舅有些纳闷，问我：“不要住院吗？”这个一生没进过大医院、很少输液的汉子，在自己力气逐渐消散的时刻，一心想去住院，很想恢复过去的力气。“不用住院，回去多多休息就好了！”我转过身去回答舅舅，泪水如豆已经滴落在胸襟上。

母亲做了一桌子好菜，我主动陪舅舅喝酒，干了一杯又一杯。我居然没有醉。席间，舅舅那些大力士的故事又走了一遍，我们都觉得舅舅有着无上的荣光。

饭后，舅舅坐在餐桌前的窗子边，一动不动地眺望远处的天空。很久很久，他没有说一句话。他应该感知到了什么，但不想说出来。

那是舅舅最后一次喝酒。回到乡里，舅舅戒了酒，不再干农活。我打电话回去问他，他说越来没有力气，走路都轻飘飘的了。我安慰他恢复有个过程，不要着急。舅舅在电话那边嗯了一声，接下来沉默。我知道，他应该已经知道了自己的处境。那些力气都去哪了呢？

2014年清明前一周，我回乡下挂青，挂完青，去看望舅舅。表姐表弟表妹们都回来了，陪着舅舅，一家子很热闹地在吃饭。舅舅看到我进屋，要我上桌吃饭。我望着瘦骨嶙峋的舅舅，悲从中来，但我苦苦地抑制，挤出笑容装作轻快地回答舅舅："吃过了，来看看您。"舅舅有一小会儿没接话，沉默地低下头去，很快又抬起头来，平静地说："没办法，得这个病，再多钱也治不好。"表姐表弟们都齐声回复："就是，要是花钱可以治好，我们每个人怎么都要拿出钱来。"这个话题打住，舅舅要我再吃点，我说吃不下。我怎么吃得下呢？"现在生活好了，你看一只鸭子一家人都吃不完！过去没得吃的，如今好时日呢，吃穿都一点不愁！真是好呢！"舅舅在自顾自地说话。

生活好了，可舅舅已经再没有时光享受。我起身离去，我预感这是最后一面见舅舅。果然，清明假期期间，舅舅不仅被抽走了所有的气力，也被抽走了他所有的时光。我一程一程送他居住到另外一座村庄，在他的身边是疼爱他一生的外婆。母子俩相依，另一条路上不会孤苦无助。

下得山来，我不时回望，不禁痴想：在那个每个人必然到达的世界里，舅舅还是那个力气蓬勃如春草漫漫的大力士吧！

龙山行书

时隔一年，亦是国庆长假，再上龙山。无舟车劳顿人满为患之苦恼和烦躁，唯有浏览自然纯净、不染世尘的原始画廊之快意。置身大自然赐予湘中大地的“绿色家园”“天然氧吧”，上山之路依旧原生态，纯系前人踩踏出来的蜿蜒山路，两旁不是蓬生的蕨类植物就是常年青的灌木丛，偶尔一段还被冷不丁从哪里冒出来的山泉水浸湿，偶尔也有一簇簇野菊花摇曳生姿，清香随风驱散爬山之疲累。山林是安静的，翠色欲滴，绵延百里，东西长五十公里，南北宽二十五公里，自古号称“百里龙山”，被列为“宝庆十二景”之一。

行经茅草丛，密集成荡的茅草齐刷刷地开花结穗，长长的穗须犹如芦苇一般招展，阳光在上面跳跃，煞是可爱。接下来，一段小下坡路，伫立在小路两侧的就是原生的盆景区，一蔸一蔸的硕大无朋，枝干上爬满了青苔，颇有几分老态龙钟之相，但其叶子郁郁葱葱，许是龙山之灵气孕育之故。再往前，只见对面的山上云蒸霞蔚，在阳光下雾气涌动，俨然仙境。

上得半山腰，横穿过去，抵达药王殿。药王主殿占地三百多平方米，乃后人为纪念唐末药王孙思邈而建。相传孙思邈被龙山未经雕琢的自然之美深深吸引，曾在此炼丹采药，治病救人，造福乡邻。据《旧唐书》记载，唐代医学家孙思邈为研究药方，撰写医书，曾定居龙山，并在此完成了两部医学巨著《千金要方》和《千金翼方》。整个建筑条石砌墙，铁瓦盖顶，山门上“湘南孕育”四字古朴厚实。殿门大石柱上刻有“万里风云供吐纳，四时花草著精神”名联。可惜原殿于1958年被毁，断壁残垣，仅留下这副对联在风雨中屹立，在风雨中飘摇。殿后有一平顶，约一百多亩，岳平顶由引得名。平顶西北方下有五千多亩凹地，土质肥沃，曾在此种过茶叶，传有“殿前五龙朝圣，殿后云雾飘香”的描绘。该殿原来香火旺盛，朝圣者络绎不绝。现涟源市修建的药王殿，是在老殿右下方的一个山地上，并非原殿旧址，历代志书记载旧址属新邵县。站在药王殿遗址的大门口，面对东方远眺，可见五条山脉，均发源于此一山巅，亦属奇迹，仿似五条游龙，蜿蜒起伏，朝殿门舞来，后人谓此为“五龙朝圣”。

从药王殿左侧继续向上，一会即至峰顶。迎风而立，吐故纳新，极目远眺，涟、邵二水在脚下蜿蜒分流南北，注入湘、资二江，山川形胜尽收眼底，油然而生“风吹山巅啸，人托白云飘”的感觉，顿感心旷神怡，浮想联翩，伸手可摘北海星辰，侧耳可闻衡岳梵语，闭目可驾南天祥云，宇内八荒尽纳方寸之间。岳坪峰海拔1513.6米，比张家界天子山观日台海拔1230米高出283米，比南岳祝融峰1290米高出223米，比庐山主峰汉阳峰1474米也高出39.6米。由于地形复杂，峰峦叠嶂，幽壑纵横，经常出现漫天的云雾和层积云景观，随风漂移，时而上升，时而下坠，时而回旋，时而舒展，构成一幅奇特的千变万化的云海大观。尤其是在雨雪之后，日出或日落时的“雾海”最为壮观。

世间山多则多矣，高则高矣，固然需要景色迷眼，但更多的是要人文入心。所谓跋山涉水，外为形而下获得身之健，内为形而上取得心之悦。巍峨龙山，风景四时不同，物产丰饶富裕，外有险峻、雄伟、挺拔之气势，内有龙山沉寂的历史文化、风情之深重。

龙山是神秘的地名文化的活化石，在国内都是极为罕见的。相传早在唐朝末年，曾有一个名叫杨救平的风水先生来到龙山，与孙思邈先生斗法，杨说龙山是个好地方，五龙朝圣，要出真龙天子，说“头在乌瓦潭，尾在杉木江，脚踏罗汉寺，主子在中央”。主子就指主子山，又名天子山（现名朱子山），海拔 709 米，在龙山西南面。以此为轴心，有许多有趣的、神秘的村名、地名，围绕在天子山的前后左右，组成一个封建王朝的宫廷布局。如：拜相有拜台山（海拔 658 米），封帅有将军山（海拔 448 米），钱库有金子峰（海拔 759 米），读书有书房冲，洗澡有澡盆坑，朝王要过洪福桥，朝王有朝王庵（现名朝阳庵），祭祖有天子庵、封祖庙（现名枫梓庙），太子有太子庙，皇后有娘娘殿，炼铁有铁炉冲、炉厂边、炉门前，屯兵有部兵庙，养马有马家岭、白马坪，养牛有牛头冲、牛头界，并立潭（水很深）为府叫潭府。

如果说地名文化还只是无据可依的民间传闻，那么历代文人雅士关于龙山的吟咏诗作则是龙山历史文化的真实写照。据《宝庆府志》和《邵阳县志》记载，龙山早在公元七世纪，已然是寻访、归隐的名山。它以奇特的地理风貌和人文景观，如岳坪峰、药王殿、宝塔寺、浮云寺、功德寺、老龙潭、五色瀑布、林海翠竹等，吸引了不少文人墨客、骚人志士到此览胜或隐居。其中，名气最大的莫过于刘长卿，徒邑邵阳为官时，他写下了“龙山高，谁能践，灵原中，苍翠晚。悬崖绝壁几千丈，绿萝袅袅不可攀。朝入青霄礼玉堂，夜扫白云眠石床”的名句。自此，龙山闻名遐迩，后有宋陈与义、明车以遵、清周学霆、民国李抱一等无数先贤，文采飞扬，都给龙山留下了许多不朽名篇。如“二水分流飞瀑下，万山全杳乱云封。人随鹏鹗空中渡，僧住烟霞世外逢”；“龙山高并岳，绝顶碧潭开"；"岳平狷鸟共，溪臼雨花香"；"犬吠云中客，僧敲天际钟"；"乌帽啸随黄叶落，银泉高挂白龙飞"；"雨逐雷声从地起，人和鸟影上天来"；"瀑布庐山天下奇，不闻五色挂琉璃"；"若到浮云庵下望，玉虹千尺色迷离"。

今人久住都市，不惜斥金热衷远行，四处搜访名胜。相较诸多名山，龙山至今养在深闺，没有遭受过度开发之摧残，得以全身，此为龙山之幸。龙山归来，特此一书纪念身心之愉悦。龙山，唯愿其科学开发，扬其名，得其益，但不损其形，不伤其心，让后来之爱山仁者，纵享山之气韵，滋养身心，功德圆满，光华满天。